A gorda

Isabela Figueiredo

A gorda

todavia

Porta de entrada **17**
Quarto de solteira **23**
Sala de estar **52**
Quarto dos papás **76**
Cozinha **98**
Sala de jantar **131**
Casa de banho **156**
Hall **185**

Para a minha mãe

Agradeço a Ana Bela Almeida, Burghard Baltrusch e Paulo de Sousa as incansáveis leituras dos manuscritos deste livro. Ao último agradeço ainda a dedicação com que o passou para o computador.

Acredita-me, Frankenstein, eu era bom, a minha alma transbordava de amor e caridade; mas tu não vês que estou só, desesperadamente só? Tu, meu criador, detestas-me; que posso esperar dos teus semelhantes, que nada me devem? Eles repelem-me e odeiam-me. [...] Contudo, está nas tuas mãos fazer-me justiça. Deixa-te enternecer e não me desdenhes. Ouve a minha história; depois de a ouvires, abandona-me ou lastima-me, mas escuta-me.

Mary Shelley, *Frankenstein*

"El pasado no está muerto", escribió Faulkner en "Requiem por una monja"; y anadió: "Ni siquiera es pasado". Imposible decirlo mejor: el pasado nunca termina de pasar, siempre está aquí, operando sobre el presente, formando parte de él, habitándonos. Vivir un presente sin pasado es vivir un presente mutilado. Es decir: vivir una vida mutilada.

Javier Cercas, "La dictadura del presente", in *El País Semanal*, 22-06-2014

Não há muito tempo, numa conferência a que assisti num liceu, senti que o conferencista escolhera um tema que lhe era pouco familiar, de modo que não despertou tanto o meu interesse quanto poderia. Falou de coisas que não estavam no seu coração, nem perto dele, mas que se encontravam apenas nas extremidades e à superfície. [...] Teria preferido que ele falasse das suas experiências mais pessoais, como faz o poeta.

[...] e, sendo assim, proponho administrar-lhes uma forte dose de mim mesmo. Procuraram-me, comprometeram-se a pagar-me, e estou determinado a que me aturem, por mais enfado que lhes cause.

Henry David Thoreau, *A vida sem princípios*

Epígrafe sonora

Nina Simone – "I put a Spell on You" (1965)
The Doors – "The Crystal Ship" (1967)
Janis Joplin – "Maybe" (1969)
Abba – "Dancing Queen" (1976)
António Variações – "Estou além" (1982)
Patti Smith – "Because the Night" (1983)
Stevie Nicks – "Has Anyone Ever Written Anything for You" (1985)
Laurie Anderson – "Language is a Virus" (1986)
Prince – "Sometimes it Snows in April" (1986)
Xutos e Pontapés – "À minha maneira" (1988)
Rádio Macau – "Amanhã é sempre longe demais" (1989)
The Cure – "Love Song" (1989)
Nirvana – "Come as You Are" (1991)
u2 – "One" (1991)
Annie Lennox – "Why" (1992)
Ornatos Violeta – "Ouvi dizer" (1999)
Lou Reed – "Turning Time Around" (2000)
Amy Winehouse – "Back to Black" (2006)
Amor Electro – "A máquina" (2011)
Jorge Palma – "Imperdoável" (2011)
Lana del Rey – "Born to Die" (2012)

Advertência
Todas as personagens, geografias e situações descritas nesta narrativa são mera ficção e pura realidade.

Porta de entrada

Quarenta quilos é muito peso. Foram os que perdi após a gastrectomia: era um segundo corpo que transportava comigo. Ou seja, que arrastava. Foi como se os médicos me tivessem separado de um gémeo siamês que se suicidara de desgosto e me dissessem, no final, "fizemos o nosso trabalho, faça agora o seu e aguente-se. Aprenda a viver sozinha".

Com a gastrectomia deixei de conseguir comer. Bebia caldos, leite e sumos. Sentia doer o corpo e a mente. Sentia fome profunda, mas tinham-me cortado metade do estômago e o que restava era uma ferida. Nos primeiros meses perdi força e cabelo, e caminhava lentamente, adaptando-me. O meu corpo diminuía à razão de duzentos e cinquenta gramas por dia, e comecei a ficar leve, quase a levantar voo, como não me sentia desde a infância. Subia oito andares sem ficar a arfar e podia continuar mais oito, os que fossem necessários, porque nada me detinha. Testava-me através de diversos esforços. "Vamos lá ver se consigo caminhar vinte quilómetros", e conseguia. Não me tornei invencível. Ainda penso como gorda. Serei sempre uma gorda. Sei que o mundo das pessoas normais não é para mim. Continuo a ter o defeito, mas não se vê tanto; tornou-se menos grave. Há momentos em que me parece ter ganhado uma nova vida, como os que passaram por experiências de quase morte, viram o túnel para o outro lado, com a atraente luz branca no final, chamando-os, mas escolheram voltar. Eu também tenho escolhido, e mesmo que já ninguém me exclua, excluo-me eu, à partida. Conheço muito bem os meus limites. Aquilo a que posso aceder e o que me está vedado para sempre. Os aleijados são, como se diz dos diamantes, eternos.

A mamã morreu no ano passado, pouco depois de Bento XVI ter renunciado, logo substituído pelo papa Francisco, homem bondoso, compreensivo, humilde, de boa cepa, aparentemente desinteressado do poder material, todo espírito: a versão masculina da mamã. Foi o ano em que Edward Snowden revelou ao mundo que o *Big Brother* existe fora da ficção e os portugueses emigraram aos magotes para qualquer lugar do mundo onde arranjassem um salário com que alimentar os filhos e pagar as hipotecas das casas. A mim, o que me valeu foi ter emprego certo, resultante da prestação de serviço ao Estado, que depende de mim para manter os futuros eleitores na conhecida brandura de costumes que caracteriza o nosso povo. Sou professora de filosofia numa escola problemática, onde se defende que o pensamento não interessa, apenas a ação e os resultados. Sei perfeitamente o que o Estado e a sociedade esperam de mim, e dou ou não, conforme a minha lei. Nunca consegui perder o idealismo adolescente que o senhor diretor contrariava no colégio da Lourinhã, em 1978, embora hoje reconheça a sua sabedoria prática. Não se pode dizer que 2013 tenha sido um ano desinteressante. A mamã toda a vida soube escolher as alturas certas.

Quando após a sua morte vieram os cortes da *troika* sobre a sua pensão e subsídio de invalidez, respirei de alívio por ela já não estar viva e eu não ter de lhe explicar que íamos passar a subsistir ainda com menos, porque o nosso governo e a União Europeia garantiam que antes tínhamos andado a viver acima das nossas possibilidades, logo éramos para exterminar. Ainda bem que a mamã não teve de assistir totalmente à derrocada da grande democracia, que se preparava para lhe cortar os meios de subsistência. Já há dois anos que eu lhe escondia que devolvia ao Estado, em IRS, parte da sua modesta pensão, que saía inteira do meu subsídio de férias. Não podia dar-lhe desgostos por medo de que a estenose na aorta, de que padecia, se agravasse, mas não seria possível esconder a realidade mais tempo. Sejamos práticos, eu pagava tantos impostos e tantas contas que já perdera a capacidade de desencantar dinheiro, de o fazer aparecer onde espreitasse. A morte da mamã foi um alívio. Ter morrido no ano passado quer dizer que ainda me viu perder os quarenta quilos, aventura iniciada dois anos antes, quando Passos Coelho entrou para o governo. A gastrectomia não foi barata, mas pagou-se com o que economizo em alimentação. Grande orgulho dei à mamã, que partiu com a ideia de que hei de ganhar em longevidade ao papá, como tanto desejava. Tal como ela, também eu sei escolher as alturas. Não lhe herdei apenas o grupo sanguíneo.

Estamos em 2014. A mamã foi-se. Um dia chegará a minha vez; tarde, espero, mas entretanto arrumo os armários, na mudança de estação, desdobro camisolas, observo-as, e mal acredito que era aquela roupa que me pertencia há um par de anos. As cuecas grandes e os sutiãs velhos! Pijamas enormes abandonados nas gavetas! Camisolas e calças gigantes! Tudo larguíssimo, desemparceirado, gasto, de má memória. Custa-me enfrentar o tamanho das roupas. Não quero visualizar-me metida dentro de panos que me transportam a muitos quilos e dores atrás, nem voltar a parecer uma mulher que não se consegue olhar ao espelho, mas não sou capaz de deitar fora a roupa que me vestiu, que se encostou sem vergonha ao meu corpo doce e mal tocado. Ela não se envergonha do que fui. Acredito que os objetos têm uma aura, uma relação com os seus companheiros humanos, uma vida. Tenho dificuldade em desfazer-me do que viveu na minha companhia, e a minha roupa de gorda foi paciente companheira e testemunha de sentimentos e gestos, de sucessos e fracassos. Talvez possa oferecê-la, para que progrida na carreira com outra amiga, mas é uma brutalidade chegar junto de uma pessoa e dizer, "já que a senhora continua gorda, porque eu melhorei bastante, veja lá se estas calças lhe servem?!". Não se faz! Ninguém quer ser lembrado pela sua deformidade. Seria como oferecer calças sem pernas a um perneta. Uma ofensa. Talvez ainda possa reciclar alguns fatos, aproveitando o tecido para confecionar sacos da roupa suja ou panos de pó. Entretanto, guardo tudo. Guardando, ganho uns meses, dentro dos quais decidirei o que fazer aos trapos larguíssimos, coçados na anca e nas mamas. Enfio em caixas de cartão as antigas roupas da gorda triste que sorriu ao longo do percurso, guardo-as no armário do quarto e adio a decisão. Uma de cada vez, conforme se vai conseguindo tomar. Ganho assim o tempo necessário para o distanciamento e desapego, porque o que fica longe da vista se vai inexoravelmente afastando do coração. Não está nas minhas mãos. É a lei da sobrevivência.

Depois da gastrectomia não fiquei nada mal! Vestida disfarço as imperfeições. Nunca terei um corpo como o da Tony, suficientemente esbelto para agradar ao David, mas confesso que me tornei vaidosa, e digo a verdade por me custar desperdiçar a sua extrema pureza.

De vez em quando o elevador da casa dos papás, agora minha, avaria, e é necessário subir as escadas até ao sexto andar. Antigamente o esforço torturava-me, mas agora gosto. Subo-as como uma atriz que pisa os degraus do palco forrados a passadeira vermelha, sorrindo e acenando aos fotógrafos, e digo-me, "que vitória, Maria Luísa, e que proeza! Quem diria?!".

O espelho do elevador costuma quebrar-se quando há mudanças no prédio. Aborrece-me, porque é nele que pinto os lábios, à pressa, a caminho do trabalho. Quando era gorda evitava ver-me refletida, mas hoje miro-me, usufruindo a minha beleza madura. Por vezes considero que perdi muito tempo, no passado, desgostando de mim, mas reformulo a ideia concluindo que o tempo perdido é tão verdadeiramente vivido na perdição como o que se pensa ter ganho na possessão. E volta o sossego.

Quando regresso a casa, a porta de entrada abre para um *hall* escuro, sem claridade. Atravesso-o e, ao entrar em qualquer compartimento, recebo chapadas de luz impiedosa, quer na frente, virada a poente, quer nas traseiras, para nascente. A luz dói nos olhos. Custa-me suportá-la, mas amorna o espaço e alegra os dias. Quando me sinto triste telefono ao Leonel, que me faz rir com os seus planos para ainda termos filhos em conjunto. Digo-lhe, "homem, já entrei na menopausa", mas ele responde que não faz mal, que "vamos à Califórnia, porque lá tudo se faz". Ele e o companheiro querem ser pais. Ficou-lhes o gosto da anterior tentativa frustrada. Sonharam com uma criança que não chegou a nascer. Explico-lhe que há coisas que não estão destinadas a acontecer, que não depende da nossa vontade. Estamos totalmente nas mãos da história que trouxemos inscrita para cumprir.

Quando os papás chegaram de Moçambique e visitámos o apartamento que estava à venda, em 1985, apaixonámo-nos pela luz e pela vista das traseiras. Era uma casa aérea, suspensa no ar e com amplos horizontes. A mamã dizia que em casa onde há luz ninguém ralha e todos têm razão, mas, para dizer a verdade, na nossa casa foi-se ralhando periodicamente, ao longo dos anos, com e sem razão, como em qualquer outra.

Quando regressaram, os papás não conceberam a ideia de voltar às terras onde tinham nascido, porque haviam conhecido demasiado mundo para conseguir estabelecer-se na província. Isto nunca se disse, mas estava implícito. Tinham-me mandado para Portugal em 1975, imediatamente após a independência, e, como eu fora acabar a minha solitária excursão na Cova da Piedade, em casa da tia Maria da Luz, não foram mais longe. A Outra Banda era o braço direito da capital, descontraída e multicultural como a Lourenço Marques dos remediados, donde vieram. Por isso compraram aqui a casa onde acabaram os seus dias, e na qual vivo. Foi o Destino, ao qual ninguém foge, nem os próprios deuses.

O papá nasceu nas Caldas da Rainha em 1924. Aí conheceu a mamã que, sendo de Alcobaça, e tendo nascido no mesmo ano, passava férias nas Caldas, com a prima Irene, que lhe pedia ajuda no café de que era proprietária. O papá migrou para Moçambique em 1952, em busca de uma vida digna. Uns anos depois pediu a mamã em casamento, por carta, e casaram por procuração, como era uso nestas situações. A mamã juntou-se-lhe após arranjar vaga para a longa viagem no navio *Império*. O papá tinha feito a viagem no *Pátria*.

Vim ao mundo doze anos depois. A mamã não aguentava os filhos na barriga. Fazia-os e desmanchavam-se por vontade de Deus, de maneira que pode dizer-se que o meu nascimento foi um milagre. O primeiro e o último nas nossas vidas. Estive para me chamar Maria Josefa, como a mãe do papá, ou Carla Maria, como a madrinha moçambicana, mas a mamã bateu o pé e nomeou-me Maria Luísa, por ser um nome mais alegre e lhe lembrar a Louise Brooks, atriz de Charlie Chaplin, cujos filmes vira projetados ao ar livre, nas noites de verão da sua juventude.

A casa que herdei dos papás é na Outra Banda, que, como toda a gente sabe, é um vasto e morno país do sul. E a Outra Banda recebeu-nos amorosamente e nunca de cá quisemos sair. Aqui repousam os nossos corpos, o meu em carne, os deles a caminho do pó, embora me esforce todos os dias por os manter vivíssimos e acredite nesse meu poder como na água que sai da torneira, se não houver rotura na rede de distribuição.

Comparo a nossa vida a uma travessia dos mares do sul, pejados de piratas e navegadores solitários, por vezes indistintos.

Quarto de solteira

Situa-se na parte de trás do prédio, virado a Oriente, com porta à esquerda da entrada no apartamento, aberta na mesma parede. O compartimento acede a uma varanda fechada, transformada em marquise, da qual se avista o rio Tejo e o Mar da Palha banhando Lisboa, Barreiro, Montijo e Alcochete. De manhã, o sol incide plenamente no quarto. Na porta que o separa da marquise pendem cortinas de shantung *cinzento, diminuindo a abundância de luz.*

Conheci o David nos primeiros meses de 1985. Era um jovem poeta que se revelava, e escrevi-lhe uma breve carta na qual manifestava admiração pelos seus textos, publicados na revista *Ideia e Acção,* da qual me tornara habitual leitora. Respondeu-me que agradecia, mas que não havia motivo para que eu me interessasse por um herdeiro dos levantados do chão. Não passava de um estudante-cabouqueiro, e nunca conseguiria transcender esse destino devido à divisão de classes, dizia. Não via em si qualquer valor. "Não valho nada. Não voltes a escrever-me."

Bastou-me. A nossa correspondência intensificou-se, passámos a encontrar-nos na Amora e ele apaixonou-se por mim. Eu não estava para aí virada, até porque o miúdo ainda andava pelos 17 e eu tinha feito 21, mas no ano seguinte os meus planos sofreram um imprevisto. Fui atingida pela luz, e beijei-o no seu quarto com janela virada a sul, na casa suburbana dos pais, à Arrentela, interrompendo uma tarde de leitura. Tive vontade e fi-lo. Ele também o desejava, mas não arriscava. Tínhamo-nos sentado no chão coberto de jornais, livros e revistas. Foi o início da viagem.

Conheci a Tony muito antes de o David aparecer na minha vida.
Em 1978, as mamas da Tony pareciam peras pequenas em crescimento, duras e simétricas, com mamilos marrons.

Éramos companheiras de turma e camarata, no colégio da Lourinhã, após a descolonização, nos anos em que vivi separada dos papás.

Tony chegou a meio do primeiro período, no início de uma noite de novembro, durante o jantar. Assim que deram ordem para nos levantarmos da mesa, o senhor diretor chamou-me à pequena sala de visitas, de paredes forradas a madeira envernizada, na qual se encontravam penduradas as fotos emolduradas das melhores alunas, e apresentou-ma.

"É a Antónia, veio de Angola e os pais ainda por lá ficaram, como os teus. Têm tudo em comum para se apoiarem e serem amigas."

O senhor diretor confiava em mim. É provável que os meus olhos evidenciassem uma vontade magoada que se refugiara no colégio desejosa de paz, vendo o céu no desenho da ordem institucional que se seguira ao caos, desde que chegara de Moçambique, no pós-independência. O colégio era, naquele momento, e após o que eu atravessara, um luxo. Havia ali uma cama e refeições honestas. A lei era igual para todas. Eu já não era menos, retornada desigual, mas uma entre muitas que não tinham quem se ocupasse da sua educação ou que ali ingressavam de castigo por serem "malucas com os rapazes".

Não nos considerávamos problemáticas. Imagino que numa prisão os prisioneiros se vejam, mutuamente, como outros quaisquer, ali de passagem, gente sem lugar nem suporte. As pessoas são essencialmente iguais, em todas as coordenadas.

Tornei-me inseparável da Antónia, Tony para os amigos, que se impunha como rainha entre nós, com o ar frio e distante de uma perturbada Lispector angolana. Nem eu nem ela estávamos por castigo. Os nossos pais trabalhavam em Angola e Moçambique, tentando reconstruir o que tinham perdido com a descolonização, e nós tínhamos sido enviadas para Portugal para nossa segurança. Eu nada sabia sobre Angola, à exceção do que se aprendia de geografia e cultura na escola e dos nomes das misses dos anos 70, todas muito mais feias do que as de Moçambique. Sabia que Angola era África, mas África, para mim, era o sul do continente.

Escrevi infindáveis cartas aos papás nas quais descrevia a nova amiga angolana como sendo filha de gente importante, assim ela se apresentava. Tinha muita necessidade de que os papás aprovassem a minha nova e importante amiga, talvez porque nunca tenham sido muito condescendentes com as amizades, sobretudo a mamã.

Tony era magra, bastante direita, e usava Levi's muito justas, torneando a perna fina, a barriga chata e o peito pequeno. Eu era gorda, com alta miopia, barriga e mamas a sério. Eu era a subalterna. A boa e inteligente serviçal feia. Tony dizia-se aparentada com a realeza do retorno angolano, manifestava grande relutância por todos os afazeres, e rapidamente aceitou a minha oferta para me debruçar no tanque do quintal, aos sábados à tarde, esfregando as suas meias, sutiãs e cuecas, mesmo as manchadas pelo período, como se lavasse a roupa do meu corpo, mas mais sagrado. O da Tony era um rebuliço oloroso, comestível, onde em sonhos me cravaria inteira, caso a fusão corpórea existisse. Servia Tony como servimos a quem amamos, por bem, por vontade, sem esforço nem favor.

Aos sábados de manhã, depois do banho, com a pele ainda morna, passava-lhe o creme hidratante pelo corpo, exceto nas mamas e nas partes de pudor genital. A Tony despia-se devagar, e eu observava os músculos moverem-se sob a sua pele humedecida, esfinge impassível iluminada pela claridade da luz matinal, insuportável para os olhos, mas coada pela cortina bordada da janela da nossa camarata, murmurando um "sinto um bocado de frio para estar descoberta", soltando uma impressão de enfado pelo favor que fazia em deixar-se cuidar, embora lhe conviesse que alguma de nós se oferecesse como voluntária para lhe massajar e hidratar a pele de rainha africana. Estendia-se de bruços, na estreita cama da camarata, relaxava com os braços pendurados, um de cada lado, e deixava-se tratar, enquanto a massagem rendesse. Tinha uma pele grossa de angolanos brancos um bocado misturados, ligeiramente parda, e longo cabelo ondulado e volumoso, caindo em cachos castanho-escuros com reflexos acobreados. A Tony era a Bo Derek em moreno.

Penteava-se puxando das têmporas, sobre as orelhas, mechas de fios de cabelo, que prendia na nuca, com o intuito de ajaponesar os olhos. Em Luanda, a mãe era uma senhora da alta que fazia depilações para fora. Por isso ela tinha conhecimentos sobre a prática, eliminando os pelos quase por completo, em partes do corpo onde nunca, até ali, me ocorrera que a depilação pudesse chegar. Escutava incrédula a terminologia e a descrição das técnicas e procedimentos conducentes à erradicação da pelúcia disseminada pela superfície da pele humana. Aparentemente, as mulheres não tiravam apenas os pelos do buço, pernas e sovacos. Em Luanda havia pessoas que depilavam a zona íntima, tudo. Custava-me muito a crer. A genética não tinha oferecido muito para depilar às mulheres da minha família.

"Os pelos púbicos nas virilhas, por causa do fato de banho?", perguntava eu.

"Não. Mais. Tudo. Aqui, e tudo para trás, entre as nádegas", explicava, entreabrindo as pernas e indicando as zonas nomeadas.

"As pessoas não têm pelos aí", argumentava eu.

Respondia-me que a mãe era especialista no assunto, o que lhe outorgava também a autoridade, porque já tinha visto muitas vezes, sim senhora. A minha imaginação visualizava a possível cena sem acreditar, até porque havia alturas em que a Tony, para além de sabida, se deixava apanhar em contradições, evidenciando uma tendência para o delírio.

A vida de Tony em Luanda era um filme americano de ação e suspense. O pai era mecânico de Kawasaki mas, nas palavras da filha, entrevia-se um *playboy* charmoso e endinheirado, que se movimentava na alta-roda com a mãe, quando não trabalhavam em mecânica e depilações, permitindo a Tony uma vida adulta e independente. As oficinas de motos em Angola pertenciam-lhe praticamente todas. Em Luanda, a Tony vestia calças e blusão em pele, de vários modelos, e deslocava-se em motos Honda, Yamaha ou Kawasaki, de alta cilindrada, para chegar à ilha e ao Mussulo, onde comia lagosta grelhada com limão e gindungo, nadava, surfava, praticava ténis, era campeã de motocrosse e Fórmula 1, e convivia tu cá tu lá com pilotos de todo o mundo, com os quais tinha já competido e frequentemente vencido. Frequentava as imensas casas de luxo de Emerson Fittipaldi e Björn Borg. Todos a admiravam e disputavam para os desportos motorizados e o ténis de alta competição. Era um talento promessa em todas as áreas do desporto.

"Estás a ver esta foto?!, esta prancha?! Sou eu num campeonato de *surf* no Mussulo; ganhei o prémio." Eu discernia umas velas garridas, ao longe, e uns vultos impossíveis de identificar. Era a Tony a ganhar o campeonato de *surf*.

Em Luanda tinha uma banda, na qual cantava e tocava guitarra solo, com outros elementos de quem não reza a história. Era um sucesso na música, como nas pistas de dança. Frequentava discotecas com luzes multicoloridas intermitentes que acompanhavam o som da mais alta tecnologia, proveniente de potentes colunas de som espalhadas pela sala. Discotecas como a do John Travolta, dançando em *Saturday Night Fever*, ator que ela conhecia pessoalmente e tentava seduzi-la com flores e jantares sempre que ela se deslocava aos Estados Unidos, embora a Tony não lhe permitisse avanços. Considerava-o velho demais.

Aos catorze anos viajava sozinha de avião, carro ou moto pelo mundo inteiro. Não havia fronteiras que a travassem. Os polícias conheciam-na ou conheciam os pais, ricos, poderosos, ou sabiam que era amiga do Fittipaldi, e deixavam-na circular. Viam-na chegar, era a Tony, e podia passar. Nem mostrava o passaporte. Tudo facilidades. Ela sorria levemente e agradecia com distância. Lá onde aparecia as portas abriam-se, as pessoas paravam para a contemplar e escutar, a sua beleza causava disputas, resolvidas graças à sua intervenção. A Tony era mestre em karaté; era cinturão negro e, tal como incendiava duelos com a sua sensualidade, punha-lhes fim com golpes certeiros de artes marciais. Depois de impor a ordem e a justiça, saía pela porta das discotecas e bares, envolta em roupa justa e brilhante, caminhando na passarela da sensualidade e da elegância, com os seus saltos, olhando para trás, de cabeça alta, antes de partir.

Nas veias da Tony circulava um sangue invulgar, único no mundo. Descobriu-se ainda antes da descolonização, ao fazer análises para participar em competições desportivas. Não era A, nem B, nem AB, nem O, nem positivo nem negativo. Era um tipo de sangue desconhecido entre os humanos.

A informação chegou aos americanos. Um dia os homens dos serviços secretos bateram à porta da vivenda-palácio em Luanda, de óculos escuros e fatinho cinzento-claro, depois de iludirem a vigilância dos cães treinados para atacar os pretos maus que queriam a independência, pediram para entrar, foram recebidos na sala maior e solicitaram aos seus pais autorização para a levarem, nas férias grandes, para uma infraestrutura subterrânea, em forma de bolha, num deserto americano que desconheciam, sujeitando-a a todo o tipo de testes, em ambiente esterilizado. A enorme bolha havia sido construída com o propósito único de servir para o estudo do sangue da Tony. A sua sobrevivência na Terra com tão estranho tipo de sangue era um mistério, mas a sua singularidade explicava a notoriedade desportiva, bem como a superior altivez e elegância.

Na bolha secreta, branquíssima, todos os intervenientes na experiência científica centrada na Tony vestiam complicados fatos de proteção, como os dos astronautas, ela incluída, e diariamente lhe administravam químicos por via endovenosa, lhe faziam análises, realizavam transfusões, e a escaneavam de alto a baixo em enormes máquinas eletrónicas, num cenário de ficção científica. Mesmo que os pais não tivessem autorizado os testes tê-la-iam levado, porque da descodificação deste fenómeno sanguíneo dependia a salvação da humanidade e a sua transição para uma nova fase científica e civilizacional. Assim que os serviços secretos americanos obtiveram a autorização dos pais, transportaram-na de avião e automóvel, sempre de olhos vendados, para que jamais pudesse seguir a pista e localizar o centro de alta segurança onde a testavam, e ninguém no mundo sabia disto, só os americanos, ela, os pais, e eu, mas não podia contar. Não, não contaria, claro, a quem iria eu contar uma coisa dessas, e se era segredo era segredo, ponto final.

Enquanto enumerava as aventuras internacionais, eu espalhava o *body milk*, devagarinho, pelas costas, braços e pernas do fenómeno angolano alienígena.

As prefeitas e as colegas consideravam os rituais de sábado vagamente questionáveis, embora nada nos pudessem censurar do ponto de vista "legal". Tudo se encontrava dentro dos costumes entre raparigas, mas pelo colégio começaram a correr certos rumores, sobre mim e a Tony, que em nada beliscaram a sua reputação de beleza africana branca, bela entre as belas. No meu caso, o prejuízo era maior. Eu era a baleia.

No colégio dos rapazes, onde nos deslocávamos diariamente para assistir às aulas, a nossa sala era a última do corredor dos mais novos e os miúdos do ciclo juntavam-se para nos ver passar. Acompanhar a Tony era uma fonte de *stress*, porque ela atraía os olhares dos rapazes e isso piorava a minha situação. Estando ao seu lado, facilmente veriam a bela e, dois passos atrás, o monstro. Os rapazes rodeavam-na. Eu teria preferido ficar escondida. Ela chamava-me. "Esta é a minha amiga", apresentava, sentindo-se necessitada de companhia que não a ameaçasse. Eles riam-se, tolerando mas desdenhando, troçando da amiga gorda, nas entrelinhas das conversas e situações, porque era a Tony que queriam.

Atravesso o corredor das salas com botas de pele negra de salto alto, semelhantes às da Tony, entre o magote de raparigas. Vamos todas para as aulas de saltos altos, envergando a bata em algodão de xadrez vermelho e branco, farda que todas odeiam, e a que chamam pano de cozinha, mas que sinto proteger-me da gordura que se escancarará, caso me vista com roupa de uma rapariga normal. Sobre a bata, um blusão azul da Melka, em caqui grosso, comprado num saldo dos Porfírios, na Baixa, em Lisboa, no final do verão anterior. Encontrei-o num monte de roupa de homem, quase tudo em XL, porque os homens têm direito a ser grandes. O corte masculino apresenta o desenho de tiras de tecido amarelo-mostarda e branco-sujo a todo o comprimento debaixo dos braços. Não escolhi a cor nem o modelo. Nada me servia. Escolheu-se sozinho. Eu cabia nele, e assim se tornou o blusão certo.

"Não aquece, mas serve-me. Visto mais camisolas interiores. Cá me arranjo. Sei manter-me à tona, não dar nas vistas, disfarçar-me na turba e esperar", pensava eu. "O futuro será melhor. Há de trazer-me uma casinha humilde mas calorosa, que será o meu castelo e o meu refúgio." Imaginava que teria o aspeto exterior de uma casa operária que existia no caminho do colégio, cuja porta ao centro dava diretamente para o passeio, com uma janela de cada lado, a precisar de cuidados de pintura na fachada. No interior não seria uma casa qualquer, mas a caverna do Ali Babá e o tesouro escondido eram os tecidos e estofos, o mel, o conforto e a segurança. Essa seria a minha casa, uma outra barriga da mamã. Adormecia fantasiando a minha casa futura, compondo-a mentalmente.

Os rapazes do ciclo, que cobiçavam as mais crescidas, iam roçando as costas pelas paredes do corredor verde-azulado, enquanto passávamos, e nos atiravam piropos. Não estavam autorizados a sair do seu lado, o das portas das salas. Roçarem-se pela parede era a única forma de se moverem. Não podiam avançar no nosso sentido, o da parede das janelas altas, no qual também nos roçávamos e trocávamos com eles olhares e palavras atrevidas, enquanto os professores não chegavam. Normalmente insultos de quem se ama. Parvo! Estúpida! És burro! Pernas de canivete! De passagem escuto, "olha a baleia, a baleia azul". Sou eu. Riem. Troçam. Não consigo perceber as frases completas. Recuso ouvir. Bloqueio a audição trespassada por esse nome adjetivado, que ecoa no meu cérebro, no percurso da sala de convívio feminina até à de aulas, e no caminho inverso. Fujo das vozes, sem apressar o passo, como quem disfarça que acabou de cometer um crime, como se nada escutasse ao redor, exceto a suíte número um de Bach para violoncelo, e não se tivessem pronunciado palavras que me diminuíssem, mas ao mesmo tempo negando-me a acelerar a passada, por absoluta recusa em reconhecer o motivo, porque não interessa o que pensem e digam, sou indiferente, no meu mundo imperturbável, só meu, onde permaneço intocável no covil de lobo escavado na fortaleza da minha alma. São apenas rapazes do ciclo, os mais novos. Poderiam ser os outros. Têm a sua razão. Uma baleia da cor do blusão da Melka, que não aquece mas disfarça a barriga. A baleia não lhes responde, não mostra ouvi-los. Eles gritam, "vem aí o monstro, o monstro da Arrábida!". "Da Arrábida?!", pergunto-me. "Qual Arrábida,

a do Porto ou a de Palmela? Há um monstro numa Arrábida?!"
Está em cena um filme com sucesso, do género do *Tubarão*, de Spielberg: *Orca, a fúria dos mares*. A orca é maior do que o tubarão, a caminho de baleia, mas mais perigosa, evitável, um tubarão-baleia, fatal, horrendo, a abater sem mercê. Eles riem enquanto caminho, eles falam sozinhos, "ó orca, grande fúria dos mares, já comeste hoje alguém?!". Riem. Divertem-se, pueris e crus. Falam sozinhos. Mas a baleia ouve. Não querendo, as frases ficam inscritas no mesmo cérebro que as rejeita. A baleia. A orca. O monstro.

As mamas da Tony prendem os meus olhos. Neles vislumbro pomos viçosos e tensos, que apelam por mim. Idealizo sentir-lhes a densidade no côncavo da mão. É um pensamento que esvoaça pela consciência sem arranjar lugar, sem assentar. É um impulso canino sem nome, presente em *flashes* inoportunos, a que nego ocasião e atenção, mas gostava de sentir aquilo nas mãos. De experimentar. Ver como é.

Sou dextra e num dos sábados a minha mão direita escapou ao controlo e escorregou, cheia de creme, do lado externo para o interno da mama da Tony, deslizando pela margem inferior, em três meros segundos de achamento. Tony despertou do delírio sobre os prazeres do *surf* nas praias de Luanda, os luxos da sua vivenda nos arredores da cidade, as motos de alta cilindrada, e o ténis, nos quais era campeã internacional, gritou "És parva?!", e bateu-me na cabeça com o primeiro objeto que alcançou, no chão, junto à cama, no caso um dos sapatos de pele prateada, com salto agulha, do par que tinha comprado para, com o Miguel, da nossa turma, participar na final do concurso de dança do colégio, no qual interpretaria *Dancing Queen*, dos Abba, de vestido branco, curto, de manga cava, profundamente decotado no peito e nas costas e com roda própria para o *disco sound*. Não tinha a intenção de me magoar, mas impunha-se intercetar o inaceitável abuso de confiança. Não pretendia ferir-me, mas marcar a sua posição de virgem inatingível, cuja sensualidade não se encontrava guardada para as minhas mãos com unhas roídas até ao sabugo, mas para as do jovem domador de leões, de *kispo* laranja, que depois veio a conhecer no colégio, chegado à turma mais tarde. O corpo da Tony era material reservado, e eu não passava de uma servente. Era o ponto de honra que pretendia esclarecer quando me atingiu com o finíssimo salto do elegante sapato, abrindo-me um lanho na pele do crânio. Ergueu-se, virando o tronco para o lado direito, e, empunhando a arma com a mão esquerda, bateu-me com ela. A ponta do salto chocou contra a minha cabeça, rasgou a pele e ficou presa pela capa saliente. Quando puxou o sapato, forçando a saída, rasgou uns bons centímetros, deixando uma estrada de sangue. Levei a mão aonde senti o ardor, trouxe-a ensanguentada, gritei, ela gritou, tapou as mamas com a toalha de banho, eu senti o sangue escorrer pelo pescoço, a prefeita acorreu, um número indeterminado de colegas assomou à porta da camarata, onde nos tinham deixado entregues "àqueles lindos serviços", alguém me levou de urgência para o hospital no automóvel do senhor diretor, cujos assentos manchei de sangue, limpeza que mais tarde o papá pagaria, e pelo colégio inteiro, feminino e masculino, correu o boato de que eu e a Tony tínhamos tido uma violenta briga de casal e acabáramos. Errado. Não acabámos a não ser alguns anos mais tarde, e não voltei a tocar-lhe nas mamas. Fui olhando, porque olhar não está regulamentado pelos costumes.

Tony continuou a ser a mais linda e desejada do colégio, e eu singrei na carreira de "baleia azul", também "orca, a fúria dos mares", "bola de Berlim", "barril de sebo", "boneco da Michelin" e melhor aluna, resolvendo-lhe os exercícios de casa a todas as disciplinas, dando-lhe explicações de línguas e fazendo-lhe cábulas. Ela chegava à positiva a custo, mas o suficiente para passar o ano.

Continuei a lavar e a esfregar a sua roupa no tanque do quintal, numa bacia azul-escura quadrada, na qual, quando lhe vinha o período, se formava, sobre a água da lavagem, uma espuma acastanhada. Ficava com os dedos engelhados, pálidos do frio e da esfrega vigorosa a sabão azul e branco da roupa interior, que depois estenderia no varal e passaria a ferro, para que ficasse tão branca como a minha cegueira por ela.

Os meses iam avançando. Decorriam tempos selvagens. Tudo era possível. No ano seguinte o primeiro-ministro Sá Carneiro morreria com a doce Snu, de olhos claríssimos, caindo abraçados sobre os telhados de Camarate, na sequência de um obscuro atentado. A notícia passou no telejornal, que antecedia *Dona Xepa*, novela da Rede Globo, com que no colégio nos entretínhamos antes da sessão de estudo da noite. Fantasio a queda durante a insónia frequente, revirando-me na estreita cama enquanto na camarata todas dormem. Visualizo-os durante a queda. Francisco diz-lhe, "não tenhas medo", diz-lhe "amo-te". Snu não responde, com os olhos perplexamente abertos. Fitam-se, enlaçam-se. De repente tudo estala, sentem o primeiro segundo e, de repente, o silêncio.

Do incidente com o sapato ficou-me, para o resto da vida, uma feíssima e extensa cicatriz na têmpora direita, acima da orelha, que dissimulo sob o cabelo, mas não posso esconder nos salões de cabeleireiro.

No concurso de dança, Tony e Miguel ficaram em quarto lugar, tendo ganhado a Filó e o Américo, alunos externos de outra turma, com uma coreografia imbatível para o *Daddy Cool*, dos Boney M. A Filó ia mais bem trajada, com um vestido vermelho de ombro descoberto. Caía-lhe um enorme folho da manga existente até à axila do outro braço, nu desde a ponta dos dedos até ao lóbulo das orelhas. A Filó era uma loura, de cabelo farto, volumoso, com mamas inchadas e erguidas que o vestido mal escondia. Tony ficou doente toda a semana seguinte.

Esta é a verdade pura. Poderia enunciá-la quando me examinam a cabeça e perguntam "o que foi isso?". Não é uma história demasiado longa nem complexa. Poderia contá-la sinteticamente, sem pormenores, a seco. "Foi um acidente quando era adolescente. Na brincadeira, uma colega atingiu-me com um sapato e feriu-me." Mas prefiro mentir. Invento histórias. Já justifiquei a cicatriz explicando que fui vítima de violência por parte de um namorado que depois denunciei, e acabei dissertando sobre a necessidade de as mulheres não se subordinarem. Nem ninguém. Debito o discurso inteiro dos panfletos da Associação Portuguesa de Apoio à Vítima. Inventei nome para o bandalho, atribuí-lhe personalidade, família, situações de encontro e relacionamento, o que gerou no cabeleireiro muita discussão e catarse de experiências semelhantes. Já inseri a cicatriz no contexto de um acidente de automóvel com o papá, que via malíssimo.

"O meu pai tinha miopia, astigmatismo e presbiopia, e o pior é que perdeu o cristalino quando trabalhava no Songo, em Moçambique. Depois da independência não havia médicos, era a miséria absoluta, causada pelo caos da descolonização e pela guerra civil entre a Renamo e a Frelimo. Após o acidente com o cristalino, o meu pai passou a ficar encandeado com os faróis dos carros que vinham em sentido contrário, de maneira que nos enfaixámos contra uma árvore na berma da estrada, num dia em que fomos à terra, já em Portugal. O carro ficou sem préstimo e parte da chapa espetou-se-me no corpo, dilacerando-me a pele."

"Teve sorte", exclamam, horrorizadas, as cabeleireiras e outras clientes. "Magooou-se só na cabeça?"

"Não, fiquei também muito esfrangalhada no peito e no abdómen, e esta marca por baixo do maxilar, está a ver?!, também data do acidente", e assim encaixo, de uma virada, com uma única narrativa, todas as cicatrizes do corpo. Segue-se a conversa normal sobre os problemas de se conduzir num país do desenrasca, como Portugal, onde não se cumprem regras de trânsito, se bebe demais, e se fala ao telemóvel, em total desrespeito pela vida dos outros. O perigo que se corre, e depois o custo dos seguros, sobretudo se forem contra todos os riscos, e grande catarse de experiências com acidentes de viação, que já toda a gente teve e, vendo bem, é assunto devidamente normalizado pelos meios de comunicação. Aprendi truques. Rapidamente a assembleia esquece a cicatriz na cabeça e adiante. Eis a mentira. Estou aceite. Podemos avançar para outros temas e esquecer a minha cabeça, a minha história.

Podem perguntar-me por que invento. Por que não atiro aos outros a verdade fria? Haveria de se seguir conversa sobre os excessos dos adolescentes, as parvoíces que lhes passam pela cabeça, consequente catarse sobre os desmandos que se cometem, experiências semelhantes que todos vivem, mas a elaboração da mentira protege-me do que sinto e fui. A verdade é excessivamente limpa para a devassa de cabeleireiro. Torná-la-ia uma vulgaridade. Não cometo essa profanação.

Em 1986, quando Mário Soares chegou à presidência, após eleição em segunda volta contra Freitas do Amaral, com a minha ajuda, embora tivesse votado em Maria de Lourdes Pintasilgo na primeira, o blusão azul da Melka encontrava-se ainda pendurado no guarda-fatos da parede do meu quarto, onde estudava com o David, que me ajudava com a matéria das aulas a que faltava, sobretudo filosofia medieval, para poder trabalhar em sítios diversos. Eu e o David tornáramo-nos colegas na faculdade. Era o seu primeiro curso e o meu segundo. Eu já era a senhora professora, mas estudávamos juntos. Tinha tirado um primeiro curso de Letras que me habilitava a lecionar português e inglês, mas nunca senti grande inclinação para a análise literária. A hermenêutica adormecia-me. Trabalhava em *part time* na Rádio Aventura, a recibos verdes, e em *part time* na escola, como professora contratada, mas decidi candidatar-me com o David ao curso de filosofia, porque nos interessava estudar o pensamento que tinha enformado a nossa civilização, para vir um dia a compreender as camisas de força culturais que nos moldam sem que tenhamos noção do seu enleio.

Tinha montado um pequeno escritório na marquise da varanda do meu quarto. Ao receber o primeiro salário na escola, comprara uma estante com escrivaninha incorporada e usava uma cadeira de estofo amarelo, trazida da sala de jantar, originária da mobília de sala da casa de Moçambique, onde me sentava para estudar, escrever, preparar aulas e corrigir testes. Ao final da tarde, posicionando a cadeira de frente para a janela aberta, observava-se o espetáculo do Mar da Palha e da cidade de Lisboa, muito perto, sob a luz saturada que caía de Oeste. O casario destacado, e todo o estuário do Tejo cercado de subúrbios operários onde a vida pulsa sem cenário, do Barreiro a Alcochete, mudando a água de cor consoante o estado do tempo. Água azul mansa, verde-esmeralda, verde-seco ou prata, e, em dias de tempestade, de um púrpura acinzentado, por vezes azul tinta-da-china e alaranjado.

O David sentava-se à janela da marquise-escritório, nos intervalos das sessões de estudo, observando a vista que se alcançava do sexto andar. Era meu namorado. Na altura dizia-se que andávamos.

Aproveitávamos as idas dos papás à terra ou de férias para nos fecharmos em casa, enfiando-nos um no outro, lambendo-nos, cheirando os corpos mornos e atiçados. Era o que mais queríamos. Havia o cheiro bailarino do desejo pré-coito, o cheiro pesado do desejo realizado e o tato da pele oleosa da cara, seca no peito, as borbulhas nas nádegas e costas. Descobríamos o corpo do outro, brincando, tocando, apanhando, puxando. O David não tinha tido outra mulher nem eu conhecera completamente outro homem, só ameaços. Era um feliz encontro de sexos e almas.

É quase meio-dia e o sol bate de chapa na cama. Os papás saíram de casa às seis da manhã para ir à Póvoa de Varzim pagar uma promessa a santa Alexandrina, por via do colesterol e da hipertensão do papá, e o David tocou à campainha às sete. Abro-lhe a porta, zangada, porque me prometeu chegar às seis e meia, e eu tenho a mania da pontualidade. Despimo-nos e metemo-nos na cama, ficando a dormir abraçados o resto da manhã, a pele de um aquecendo a do outro. Acordamos com fome. Comemos.

Ainda não fizemos amor e no momento não existe no ar essa energia. Estou estendida na cama, ele sentado, e conversamos. Pede que lhe mostre a vulva. Nego. É uma vergonha, essa parte de mim tão feia. Insiste. Quer observar, conhecer o desenho. "É arquitetura, é anatomia e também deve meter teorias de estética", diz, rindo-se. "Não tenhas vergonha. Já fizemos tanta coisa." Sou sensível ao argumento, bastante aceitável. Cedo. Tiro as cuecas, abro completamente as pernas contra a detestável luz da manhã atravessando os vidros, rude e poderosa. O David dobra-se sobre o meu sexo e mexe-lhe afastando dobras e lábios. Sinto-o mexer-me com curiosidade. Segura os pequenos lábios, depois puxa os grandes, diz-me "tens aqui um sinal de carne, como se fosse uma lágrima", toca-me na vulva, prende os dedos nos meus pelos púbicos e penteia-os com a mão, afaga-os, sente a textura da pele das virilhas, pergunta por que é mais escura. Depois beija-me o sexo, levanta-se e eu fecho as pernas. "Estás contente?", pergunto.

"É complexo. Parece uma flor a abrir. E também há metafísica envolvida."

Estudamos um pouco. Conversamos. Rimos sempre bastante. Sentamo-nos à varanda contemplando o final da tarde e namoramos na cadeira de estofo amarelo. Ponho-me sobre as suas pernas, peito com peito, beijando-o. Cheiro-lhe a cabeça e o pescoço. Mete as mãos sob a minha camisola e levanta-me o sutiã, soltando-me as mamas, que sustenta e comprime. Gosta do peso. Afunda nelas a boca, lambendo-as e cheirando o odor doce que exalam. Aperta-me a barriga e as nádegas, alternadamente, cravando nelas as garras. É só carne a ser agarrada com gadanhas de fome. O beijo progride e uma névoa de instinto cru subjuga o meu corpo. Faço descer com dificuldade o zip dos jeans muito gastos do David. O zip prende. A braguilha custa a abrir, com ele sentado. Endireita-se o mais que consegue, para facilitar o desprendimento. Baixo-lhe o elástico das cuecas e seguro o sexo liso, duro e quente, que lateja com um cheiro ácido a carne húmida, cálida, borrifada de suor e aflição. Engancho-me nas suas pernas, soltando a ponta da saia do peso das minhas para que não me prenda os movimentos. Esmago o meu corpo contra o seu, com os pés apoiados nas travessas da cadeira. Com a mesma mão com que afasto as cuecas seguro o seu sexo, e encaminho-o, às cegas, para a boca do meu, enquanto nos mordiscamos onde calha, e me penetro com ele. O pénis preenche-me e expiro, como se acabasse de saciar a fome após comer bem. Montada sobre ele, balouço-me, movendo a anca, sacudindo-me, empurrando-me e empurrando-o, cravando-o contra a cadeira. Respiramos ruidosamente no embate, transformados numa peça de módulo único, pela enxertia dos sexos. Balbucio palavras sem sentido, golpeio-o com a minha anca. Imobilizo-o com as pernas e os braços e escoiceio. "Não te mexas, não te mexas", suplico. "Deixa-me ser eu."

Esfrego-me na coisa só minha, inútil, só minha, sem serventia para mais nada, afundo-me na terra de carne, sangue e fogo, até o cérebro sentir, ao fundo, cada vez mais perto, ao seu redor, uma emanação de dor opiácea, que se mostra e esconde, como o lume num isqueiro gasto que procuro acender. Sacolejando-me, procuro o ponto de ignição, vem coisa imaterial ao redor de mim, vem, e há um instante em que agarro essa névoa por um braço, perna, um farrapo, a agarro toda, a puxo com força, a seguro, tenho-a, prendo-a, e, mantendo-a, deixo-a rebentar no momento em que cruza inteira o tamanho do meu corpo, não sei em que direção, vai, não sei quem sou, não pertenço a lugar algum, sexo e cérebro são uma esfera de luz-prata na qual nos suspendemos por segundos, não mais, cegos, só dor luminosa no lugar do nada, ópio que não pode durar mais ou morremos, e está a ir, os restos tornam-se mais fracos, acaba, agora só a carne usada, dormente, deixando-nos moles, esgotados, humanos de novo, ofegantes, os dois corações pulsando um contra o outro, cada um em seu peito, ignorantes.

Não nos dizemos nada. Não há nada a dizer. Inspiramos e expiramos, fundo, várias vezes. Voltamos a nós, à vida, porque morrer ou nascer ou lá o que é transtorna. Voltamos a nós, olhamo-nos e pensamos: "O que foi isto, bolas, o que foi isto?". "Penso que já podemos morrer, David." Mas não lhe disse.

No meu quarto, ao longo dos anos, brilha este pénis ereto e fresco como um legume colhido pela madrugada. Cheira bem, morno e içado.

Percebo as veias que o percorrem à luz muito filtrada pelas cortinas. Quer-me. Quero-o. Beijo-o, desenho com a ponta da língua as curvas da glande, saboreio a camarinha que se forma no meato da uretra, e roço nele o rosto, os cabelos, o peito, as mamas, a barriga. Uso o brinquedo como me apetece. É só da menina.

No meu quarto, na minha cabeça, ao longo dos anos, permanece este pénis ereto como nenhum outro. Quantos anos viverei? Sempre o mesmo, mil anos ereto, os mil da minha vida. No dia em que me atirarem à cova, brilhando ainda. Enquanto houver uma célula da minha pele mal varrida do chão, na casa vazia, ou um resto do odor das minhas axilas, um nervo flexível, um elástico bem esticado, retesado. Só eu posso vê-lo. Só eu conheço o seu cheiro, a erva ceifada rente ao chão. Sinto-o duro contra a minha anca. Treme. É só meu. Acorda-me. Anima-me. Parece um cato tenro e sem espinhos, esse altar junto ao qual deixei de rezar quando perdi o coração.

A minha relação com o David acabou em 1990, no último ano da licenciatura. Ele desejava conhecer outras mulheres, deleitar-se com o amor que existia para além de mim, e aceitou o desafio de uma aposta com colegas: conquistar uma caloira do mesmo curso. Ganhou-a.

À parte o compreensível desejo de viver muitos amores, muitas experiências, era um bom menino, influenciável mas bem formado. A honra dos bons meninos exige o cumprimento das obrigações assumidas. O David não tinha outra namorada. Eu desaparecera do mapa, esfacelada pela sua vingança, deixando-o nas suas próprias mãos e nas de quem o quisesse apanhar. Tendo ele terminado o curso com classificações históricas, e sendo um exemplo na faculdade e na Arrentela, casou dois anos depois com a ex-caloira. Era o que todos dele esperavam e essa linha o David não pisava.

Os pais do David nunca gostaram de mim. Eu era velha demais para o fruto da mais delicada metalurgia. A minha mãe não gostava do David. Ele era um garoto sem arcaboiço para as qualidades que via em mim. Por isso a nossa relação foi tendo abalos relacionados com a resistência familiar e as diferentes expectativas que separam um rapaz de uma mulher.

Quando acabámos pensei em homicídio. Matá-lo de diversas formas. Ponderei tirar uma licença e comprar uma arma. Havia métodos mais fáceis. Uma facada no peito, um golpe na garganta. Havia de o deixar esvair-se em sangue, e esfregar-me no seu corpo lacerado, para que, vivendo, trouxesse o peito sujo e cheio do que a vida me roubara. A culpa da morte de um amor impossível não haveria de ser pior do que a lucidez de o ter perdido. Sonhei matá-lo, mas, em nome da sua paz, e do que para mim estava perdido, abdiquei do projeto. Não matamos. Aceitamos a derrota. Parece um filme reles, mas o amor é um filme de péssima qualidade.

Ao mesmo tempo que desejava matá-lo, sonhava regressar com ele às dunas de São Jacinto, para onde rumávamos com frequência. Queria voltar com ele ao princípio do mundo, à deriva dos continentes, à mutação das espécies, ao chão de barro, à rocha, ao fogo, à gruta, à colina de sol e vento dos antepassados, onde nos olhámos parados, como se olham dois animais pela primeira vez, e cheirámos e lambemos mutuamente os sexos, como fazem os bichos; queria regressar ao lugar agreste e sagrado do nosso amor ceifado rente.

O desejo de morte mudava de direção e pensava que talvez fosse mais fácil matar-me. Mas não, não, mesmo pelos meandros da loucura considerava que matar-me seria um grande desperdício, avaliando o investimento já realizado.

Não recordo as cadeiras que tivemos nesse último ano de faculdade. Apagou-se tudo exceto meia dúzia de imagens mentais do edifício da sala de aulas voltado para o grande pátio com árvores, em cuja parede exterior existia um banco em cimento muito liso no qual o David e a nova namorada se beijavam, brincavam e esfregavam nos intervalos, enquanto eu assistia à humilhação e a turma, incrédula, observava uns e outra, esperando que estourasse alguma coisa em algum momento. Eu arrastava-me para a faculdade e só o orgulho me mantinha em pé e de cabeça erguida. As mulheres da minha família não exibem sinais de rebentamento. Consegui acabar o curso porque um dos professores me transformou a frequência final num trabalho escrito que me autorizou a compor em casa, em sossego, mas pouco fiz e mal. Valeu-me o homem ser oficialmente um romântico e ter-se condoído da minha situação, embora nunca tenhamos conversado sobre os meus padecimentos. Eu estourara para dentro. Chegado o final do ano letivo, o médico proibiu-me de sair de casa, porque me queixei de já não ser capaz de entender o código dos semáforos e de não saber se o vermelho era para avançar ou para parar. Orientava-me seguindo a multidão que atravessava a passadeira. O pior era quando me defrontava sozinha com a necessidade de a atravessar. "O doutor pode escrever-me num papel quando é que se avança e quando é que se para?", pedi. O médico olhou para mim, medicou-me e entrei num limbo de onde demorei a sair. Voltei a sentir-me relativamente acordada em meados dos anos 90. Lembro-me de ter saído da Rádio Aventura por essa altura, desiludida com a falta de reconhecimento do meu trabalho. Além disso, acumulava empregos, pouco dormia, e para quê tanto esforço, tantos instrumentos tocados ao mesmo tempo?! Dediquei-me totalmente ao ensino. Gostava de dar aulas, atividade na qual me sentia bastante recompensada pelo afeto dos alunos e pelo meu gosto em pensar com eles sobre o que outros tinham pensado.

Lembro-me de que em 1995 o papá sofreu um grande desgosto com a derrota de Cavaco Silva nas legislativas. Aí vinham de novo "os comunas, patrocinados por Soares e amigalhaços", proclamou. Depois iniciou-se a era Guterres, no final da qual o papá morreu. Contra as suas conjeturas, o país parecia levantar voo, pela primeira vez nas nossas vidas.

Lembro-me de que passei a viver e a dar as minhas aulas em Grândola. Os dias iam-se sucedendo entre atividades letivas, fichas, testes, reuniões de tudo e para tudo, atas, relatórios, papelada, tal como se espera que a vida seja, e lembro-me de que chegou ao grupo disciplinar uma nova colega, vinda da escola onde o David lecionava, na Margem Sul, afirmando que ele fora pai de uma linda menina, ia a caminho da segunda, e se passeava pela escola todo vestido de fato branco, como o Carlos da Maia, convivendo em festas de fim de semana com outros colegas, tudo em casal, tudo como manda a lei. Eu não podia crer. O David do Che e da "Energia Nuclear Não Obrigado"?! Ela confirmava.

Lembro-me de não ter a certeza se o Eça teria vestido Carlos da Maia de branco, mas ficou-me essa ideia de *dandy* da educação pública, o que não me pareceu mal. Cada professor tem a sua pancada e há que respeitar as pessoas na sua ofuscante diversidade.

Estive fora da Margem Sul mais de uma década, trabalhando nos dias úteis como moura da educação. O papá estava muito doente, o que me obrigava a regressar nos fins de semana, férias, folgas e feriados.

A ausência do David era omnipresente. A vida pesava à vontade os quilos de um frigorífico, de uma máquina de lavar roupa, ou de um móvel aparador de sala, mas tinha dias. Por vezes não pesava tanto ou não pesava mesmo nada, e sentia-me uma semente que flutuava.

Às vezes pensava "agora não aguento" e escrevia nos meus cadernos qualquer coisa para continuar. A história de um homem do café que se oferecia para ajudar outro que não conhecia, mas que tinha sido expulso de casa pela mulher traída, ou o episódio das sandálias de salto alto que o papá, aos dez anos, me comprara na avenida 24 de Julho, em Lourenço Marques, contra a vontade da mamã, para quem três centímetros de salto eram um incentivo ao caminho da desonra. Escrevia sobre conversas que ouvia na mesa do café, tal e qual como as ouvia, ou introduzindo elementos especulativos, morigeradores, manipulando a realidade. Eu não aguentava a vida. Estava metida num jogo que me via obrigada a jogar sem lhe ver o fim. Por isso escrevia. "Estou aqui sentada e entornei parte do café no pires."

Podia viver sem o David e fantasiar. Sabia viver sem os que amava, mas sem escrita a vida não tinha por onde continuar. A estrada acabava. O ruído colossal das marés de setembro, nas praias da Comporta, esvaziava-se. Sem escrita não havia uma casa onde chegar, tirar o casaco, pendurá-lo, acarinhar a cadela, levá-la à rua, regressar, alimentá-la, sentar-me no sofá e apreciar o gesto. Podia viver sem tomar banho, sem beijos, mas sem escrita não. Ninguém entendia isto, e viravam-me as costas como se referisse uma mania, um vício de gente abastada que se pode dar a luxos. "Estás maluca." Houve uma altura, quando a prisão que a minha vida constituía se tornou demasiado clara e crua, em que comecei a ver cada vez pior. À medida que aumentava a minha visão interior do mundo, piorava a exterior. A oftalmologista teve de me aumentar as dioptrias afirmando ser coisa incompreensível, porque a miopia tinha tendência a estabilizar na adultícia, não existindo outras doenças, mas em mim cavalgava sem razão. Acordava com dificuldade e escrevia para me aguentar, dia após dia, mesmo que nada tivesse a dizer. Escrevia, "estou só aqui à espera". A compreensão é um castigo. Nunca mais se consegue ignorar a jaula nem o jugo.

Poucos anos após a morte do papá, no ano da queda das Torres Gémeas, vendi a casa alentejana e pedi transferência para Almada. Impunha-se regressar ao cuidado da mamã, que ficara sozinha e necessitada de atenção e companhia. Voltar à casa de Almada agradava à mamã, que assim controlava mais facilmente as minhas horas de entrada e saída, telefonemas e o estado geral da pele e do cabelo.

Assim, no verão, aos sábados à tarde, para grande agrado da mamã que me preparou para tudo na vida, mudo os lençóis das nossas camas e lavo-os no tanque da varanda da cozinha. Continuo a gostar de lavar à mão, em tempo bom, com sabão marselha ou azul e branco. A roupa lavada à mão cheira aos dias da infância, a que não me quero poupar. Lavo, envolvida nos meus pensamentos. A água fria molha-me os braços, as mamas e a barriga. É um prazer e uma liberdade! A dose mínima que nos é facultada, como uma mercê da qual pagamos tributo, mas potencialmente absoluta a cada momento. A liberdade condicionada que nos é consentida, regime sob o qual nos habituamos a viver e a que chamamos "liberdade". Molhar-me é a liberdade admitida.

A mamã admira a qualidade do meu trabalho doméstico. Percebe que, não tendo amor por ele, faço, faço bem, vou ao fundo. Quando a ouço dizê-lo penso que poderia ser a divisa do meu brasão, se tivesse nascido com sangue nobre.

Cheira bem a roupa lavada, como nos tempos em que tratava a da Tony, no tanque do colégio, sob o caramanchão de glicínias lilases, chegando a primavera, e pelo verão fora, até alguém me vir buscar para umas semanas de férias.

Lavei muita roupa à mão desde que cheguei a Portugal, muitas vezes no lavadouro da prima Fá, em Alcobaça, no auge do inverno, quando uma capa de gelo se formava sobre a roupa que deixávamos de molho em tinas, durante a noite. Quebrávamos o gelo de manhã, com uma pancada a punho, esperando que as nódoas nas cuecas, que deveriam manter-se honradamente brancas, tivessem esmorecido, para esfregar menos, ou seríamos umas porcas, umas desleixadas sem préstimo para marido e filhos.

O senhor diretor não gostava de me ver lavar a roupa da Tony no colégio, nunca aprovou a minha dependência dela e tolerava-a por amor a mim. Não a rotulava, mas sugeria que a Tony era de outro calibre, outro tipo de louça. "Fogo de artifício sem substância. Entretenimento para os olhos." E eu ia pondo água na fervura.

Estamos sentados na salinha de visitas onde hei de ter a minha foto emoldurada e exposta. O senhor diretor mandou chamar-me, o que acontece amiúde, não para levar ralhetes, mas para me transmitir recados relacionados com pedidos que outras internas lhe fazem chegar através de mim, ou só para conversar. As prefeitas estranham o convívio, que não me confere simpatias. Sou a melhor aluna. Pede-me para ler os meus testes corrigidos e classificados. Comenta-os. Lê as redações em voz alta. "Sim, senhora, sim, senhora." Aprecia. Conta-me as suas histórias. Foi missionário leigo em Angola. Andou a civilizar pretos no interior. Fala deles com admiração. "Eram honestos, dignos e orgulhosos." Bebeu a cultura nativa e viu nela nobreza. Interessa-lhe conhecer a minha opinião sobre a independência das colónias, as regras do colégio, a vida, tudo, mas eu sei pouco. Só quero agradar aos papás, ter boas notas, emagrecer para ficar linda como a Olivia Newton-John, arranjar um namorado quando tiver dezoito anos, depois casar, ser amada para sempre sem sobressaltos, ter filhos e um trabalho no qual seja feliz. Não sei qual. Divago e idealizo. Ele ri-se.

"Maria Luísa, a felicidade ainda não foi inventada", afirma.

"Tenho a certeza de que seria feliz se fosse livre", garanto.

"Pois sim, a liberdade está disponível em cada esquina!" Ironiza quando lhe falo sobre a que eu e as restantes internas almejamos.

"A liberdade e a felicidade dependem uma da outra. Se existe uma, existe a outra", defendo. Acha-me sempre graça. Gosta de me ouvir. Da minha companhia. E continuo as reivindicações. "Por que não podemos sair sozinhas, como os rapazes? Ao menos ao domingo à tarde, sem as prefeitas atrás e à frente, na fila, vigiando-nos como cães de guarda. Não somos freiras. Por que não somos nós dignas de confiança enquanto os rapazes não precisam sequer de provar merecê-la?"

"Não é por ti, é pelas outras", responde.

"Quanto mais presas, mais desejosas de fuga. É injusto. É injustificável." Exalto-me.

"Justiça?! Injustificável?!", exclama. "O que sabes tu sobre justiça, e com que critérios julgas o injustificável?! O que sabes tu da vida, Luísa? O que sabes tu..."

"Sei o que a minha mãe me ensinou: que não devemos fazer aos outros o que não queremos que nos façam a nós. É a justiça. O que estiver fora deste preceito é injustificável." Continuo a argumentar. Não me calo. Insisto muito: justiça, liberdade, felicidade. Ser livre e feliz lá fora. Quero isso no futuro. É o que hei de ter.

"Crê em mim que tenho mais anos em cima. Escuta: a liberdade não existe, a felicidade não existe. Nunca as encontrarás. O que tens nunca te será suficiente." E ri-se de novo, abanando a cabeça, consciente de que não posso abarcar tudo o que sabe, dizendo baixo "tem sempre resposta, sempre resposta", mas sabendo que o ouço. Estou a ouvi-lo. O senhor diretor estima-me, admira-me. Vejo nele um pai, o pilar seguro de uma ponte que me ajuda a navegar na corrente tumultuosa do perigoso rio da adolescência.

Ignorante, contradigo o homem que foi missionário nos anos 20, que atravessou o mar e quase um século de gostos e desgostos, que poderia ser meu bisavô, e não me impeço de invocar o ideal que desejo sem limitações. Por um lado sou arrogante, por outro não posso conhecer o futuro antes do tempo. A história não se conhece antes de acontecer. Não segue exemplos, repete erros e recomeça a cada era.

Estou longe de perceber que o senhor diretor tem razão, e mais longe ainda de compreender que é possível conquistar ilhas de liberdade e gozá-las momentaneamente. Não posso saber, ainda, que nos cabe a responsabilidade de estabelecer as fronteiras da liberdade que nos permitimos gozar. Nós e a polícia de costumes em nós.

Não o valorizei, nesses anos. Encarei-o como o velhote antiquado, cheio de sentenças. Aos que me amaram fui-os vendo como carcereiros, antagonistas causadores de impedimentos à minha viagem. Amem-me, mas libertem-me. Só posso retribuir o amor sem sujeição. Não me tolham os passos. Não me culpem e não me cobrem. Nada.

Por outro lado, o senhor diretor era exigente, autoritário e possessivo. Pretendia ser o centro do mundo e dos seus amores, e eu fui um deles. Reconheceu-me e não me largou, mesmo que o tivesse subestimado, desprezado, e respondido com arrogância às suas cartas avisadas.

Assim que saí do colégio reagiu à minha distância escrevendo, numa terrível missiva datilografada, que a ausência de notícias minhas revelava que me havia transformado num "farrapo humano, repelente e desprezível".

Na semana seguinte, esquecido das emoções da anterior, enviava, para minha ilustração, recortes da rubrica "Defendamos a Nossa Língua", de Bento Lopes, "uma competência no assunto", do *Jornal da Bairrada*, região de onde era natural.

Tenho passado a vida inteira a aprender português, estimulada pela sua confiança nas minhas letras, e evitando transformar-me no farrapo humano repelente e desprezível profetizado nessa carta.

As pessoas morrem e depois já não podemos dizer-lhes de viva voz que tinham razão, que aprendemos as suas lições, que compreendemos o quanto nos amaram e as amámos, ainda amamos, não tendo culpa de aqui andarmos tantos anos cegos, surdos e mudos.

Hoje lavei com dificuldade os lençóis de sábado à tarde e só porque a mamã exigiu. Sinto-me cansada da labuta doméstica. O pombo da varanda de trás arrulhou a manhã inteira, cortando o meu sono às fatias. Tenho de me habituar a suportar tudo, como suporto o ruído da máquina do elevador, cuja caixa se situa por cima do meu quarto.

Tem estado calor e durmo nua sobre os lençóis de algodão branco do meu enxoval, que resolvi começar a usar. A mamã não gosta que durma nua. A mamã diz que uma mulher séria não tem hábitos desta natureza, mas eu sou de uma seriedade que a mamã não concebe.

De manhã, ao acordar, viro-me para o lado e estendo o braço. A cadela não está no seu lugar. Movimento as pernas e não a sinto ao fundo da cama. Deve ter-se afogueado com o calor e procurado o chão.

Sonolenta, esfrego a barriga do antebraço estendido. É bom. A minha mão gosta de sentir o antebraço macio e ele gosta de sentir a mão que o afaga. Acho que nunca me acariciaram a barriga do antebraço, nem o David. Deixo-me ficar. Volto a adormecer apesar dos ruídos da manhã, dos carros que circulam ou apitam, das pessoas que sobem e descem no elevador, campainhas que tocam, conversas de vizinhos que vêm da praça carregados de laranjas, pimentos, cebolas e carapau para assar, no decurso da narrativa épica do quotidiano.

Pelas onze escuto a cadela bebendo água na tigela do corredor, levanto-me, abraço-a e recito-lhe, meio a dormir, *A fermosura desta fresca serra*, de Camões. Digo-lhe a ladainha enquanto ela arfa e me lambe a cara. *Sem ti tudo m'anoja e m'avorrece.* Recito. E beijo-a e sinto-lhe os beiços molhados e frescos.

Vamos à praia, corremos, fazemos buracos na areia, lemos vinte páginas de um livro do Coetzee, bebemos chá e chegamos a casa ensonadas. Deitamo-nos de novo quando ainda há réstias de sol no horizonte, e adormecemos na paz do universo. Acordamos de manhã. Há um grande rebuliço lá fora e nós muito confortáveis na cama. Levantamo-nos brevemente. Comemos porque temos fome. Fazemos xixi porque é uma urgência. Concluímos que se está bem no ninho, por isso metemo-nos nele outra vez. Digo-lhe, "chega-te para lá, que estás toda no meu lugar". Mexe-se um bocado. Estamos assim todo o dia. Dormimos. Acordamos. Leio. Deixo o pensamento evadir-se e ando pelos meus mundos, esquecida deste. Apagamos a luz por volta da meia-noite. Corre uma brisa fresca. Dormimos embaladas pelos sonos mútuos, ouvindo sem ouvir os ruídos produzidos, sentindo sem sentir os movimentos de quando se muda o corpo de posição, uma perna, um braço, o tronco todo, e nos empurramos, e aconchegamos, e quando acordamos percebemos sem perceber, porque era sobretudo um sentimento inexprimível, que há muito tempo nos havíamos transformado em apenas uma. Eu e a cadela somos um único bicho.

Estamos em 2004, nos anos de bulício político que se seguem à demissão de Durão Barroso e antecedem a chegada de José Sócrates ao poder, dando início à destruição do ensino estatal, a golpes de picareta, comprando propaganda, em página ímpar, inteira, nos jornais diários, com o dinheiro da fiscalidade imposta aos cidadãos, atingindo o que considera ser os privilégios que os professores auferem. Inicia-se o calvário e a descida ao Inferno.

 Eu acabara de regressar à Margem Sul, para onde pedira transferência, e o programa informático do Ministério colocara-me na Escola Secundária da Quinta da Princesa. Tinha ido parar à escola onde o David lecionava. Vimo-nos na biblioteca, à tarde. Ele conheceu-me de costas. Eu conheci-lhe a voz. Virei-me. Olhámo-nos. Nesse momento, na biblioteca, o incêndio ateou-se pela segunda vez.

Sala de estar

A sala de estar é o compartimento situado frente à entrada do apartamento. A grande janela dá para o lado da frente do edifício. Há uma porta grande, interior, que a liga à varanda onde estão vasos com flores.

Quando a mamã chegou de Moçambique encheu a sala de estar com vasos de filodendro, *caladium* de todas as cores, erva-da-fortuna e tronco-do-brasil. Colocou o filodendro na prateleira de cima da estante de pau-rosa que veio no caixote de retornados. Foi das poucas peças que couberam desmontadas no elevador e não necessitaram de ser carregadas pelas escadas estreitas e escuras do prédio, ganhando mossas enquanto subiam e suávamos à custa da sua ascensão.

A mobília da casa da Matola, e praticamente tudo o que possuíamos, bem como os bens acumulados em Cahora Bassa pela mamã, nomeadamente serviços de louça e eletrodomésticos oferecidos pela República Democrática Alemã ao povo da República Popular de Moçambique, e colocados à venda nas lojas de cooperantes, chegou ao cais de Lisboa, num caixote, em 1985. Os papás chegaram de Tete no dia 3 e no dia 4 deslocaram-se a um despachante, em Lisboa, com o objetivo de desalfandegar a carga. Era necessário contratar os serviços de um transitário que intermediasse o processo. O papá regressou zangado. Pagava-se uma taxa altíssima; juntando o custo do transporte, ficava carote. O papá tinha os cordões da bolsa sempre bem atados, menos para a comida. Rosnou contra os portugueses, o governo, os pretos, os que roubavam cá e lá, que mais valia não ter trazido nada, mas a mamã amansou-o, e uns dias depois um camião depositava o caixote frente à casa de Almada, onde permaneceu encerrado umas semanas até arranjarmos meios para o abrir, o que aconteceu assim que o vizinho Pereira nos meteu um papel na caixa do correio avisando que o caixote estava a "incomodar e a tirar lugar de estacionamento às viaturas". Mediante análise da ortografia, caligrafia e teor da missiva, e tirando a radiografia aos vizinhos da rua, deduzimos que só podia ser o senhor Pereira do nº 9. Era uma escrita autoritária, impositiva e desdenhosa, que coincidia com os olhares transversais do pintor comuna, operário da Lisnave. Havia ainda um certo azedume antirretornado no tom da carta. Compreendemos a mensagem, mandámos à merda em privado, porque pessoas como nós sabem esperar, e no domingo seguinte recrutámos a tia Maria da Luz, o marido e os cunhados, a preço de favor, e, com a sua ajuda, desprégamos as tábuas do caixote, que desmanchámos totalmente, e cujo conteúdo acartámos até ao sexto andar. Nesse dia percebemos que a nossa casa da Matola jamais caberia na de Almada. Aquela não poderia repetir-se. Não era possível reconstituir o cenário do crime. Já não se tratava apenas de uma ideia e de um discurso sobre a perda do Império na terra e no céu, mas da sua materialização.

A maior parte da mobília não cabia nas assoalhadas de Almada, que, sendo espaçosas, eram pequenas demais para a receber. A mesa da sala de jantar da Matola era tão comprida quanto toda a sala do apartamento para onde vínhamos viver; encaixava no espaço, dividindo-o totalmente ao meio como uma parede, pelo que seguiu de imediato para o sótão, onde permaneceu décadas, até ao dia em que a mamã morreu e mandei que a cortassem com uma serra elétrica, arranjando forma de a extrair do prédio sem que fosse preciso arrastá-la escada abaixo tal como a transportaram escada acima. A maior parte do caixote de dois metros e meio de altura e largura por quatro de comprimento foi diretamente para o sótão, donde nunca saiu a não ser no momento em que a madeira e o mobiliário foram dados, vendidos ou desperdiçados após a morte da mamã.

Em 1985, o filodendro iniciou o seu trajeto, alastrando pelas paredes da sala. A mamã encaminhava estrategicamente as hastes, passando-as pelo percurso das quatro paredes, por cima da porta, com cuidado, para não quebrar, segurando-as com a ajuda de pequenos pregos e criando luxuriosas cascatas de folhas e rebentos aqui e ali. Tinha orgulho na proliferação de metros da planta, que se desenvolviam partindo de pés nascidos em pequenos vasos pousados na estante, exigindo frequente e abundante rega, tarefa difícil de realizar sem encharcar a prateleira ou o chão, o que aborrecia. Trazer a selva para dentro de casa exigia um trabalho estúpido.

Num dos cantos da sala, sobre uma mesa de pau-preto com tampo de vidro, a mamã criou um nicho de enormes *caladium* de diversas cores e matizes; só brancos e verdes; vermelhos com branco e verde; vermelhos com rosa e verde; só vermelhos ou só rosa matizado, com verde. Os *caladium* eram a beleza natural completa. Eram uma miscelânea de Namaacha, Gorongosa e Amazónia em exposição botânica na nossa sala. Uma estufa húmida.

Havia troncos-do-brasil sobre a mesa de centro e no chão, e vasos de erva-da-fortuna pela casa toda, porque davam sorte. A mamã trouxe as plantas disfarçadas na bagagem, em raízes, bolbos ou estaca. Não se podia passar com elas a fronteira, mas cá chegaram. As raízes vinham envolvidas em algodão húmido, embrulhado em pano, depois em plástico, dentro de sacos bem atados, enfiados em latas e frascos espalhados pelas malas, entre roupa e carga legal. Fazer malas, a partir dos meados dos anos 70, de África para Portugal, implicava o aprendizado de complexas técnicas de camuflagem. A mamã era mestra da embalagem. Não havia objeto que não soubesse embrulhar ou dissimular, que não conseguisse manter quente ou frio, que não fizesse aparecer ou desaparecer, crescer ou diminuir conforme a sua vontade. Comida, nódoas da roupa, truques de qualquer natureza, palavras certas, a mamã sabia tudo.

As suas experiências de transplante e proliferação vegetal tiveram sucesso. A mamã era prendada e tinha sorte não apenas com as plantas como com qualquer trabalho que lhe nascesse das mãos. Menos comigo. A mamã tinha qualidades divinas, as da criação, reprodução e manutenção. Nenhuma planta lhe morria. Corriam-lhe tão bem as decorativas como as agrícolas. Tudo crescia viçoso e saboroso. Era sagrada e sacralizava. Não apreciava, contudo, o trabalho da terra, que considerava uma servidão, embora lhe conhecesse os segredos e as manhas. Sempre que me ouvia sonhar com um metro quadrado de chão para plantar horta, jardim e ter animais, dissuadia-me. "Tira essas ideias da cabeça, menina. Isso dá muito trabalho, menina. Nem penses nisso, menina." Contemplava-a sem palavras, desacreditando as suas, observando-a sem perceber como é que a mulher que toda a vida tinha feito brotar da terra abundante luxúria vegetal, ajoelhada sobre os seus grãos, a evitava tanto.

A mamã nunca viveu no mato. Nunca fomos propriamente para a selva. A Lourenço Marques branca era ordenada e limpa, tropical, é certo, mas domesticada.

Os vasos de filodendro, ao princípio, não me pareceram mal, mas quando a sala se transformou numa floresta cerrada de hastes alastrando por todas as paredes, senti-me em expedição pelos trópicos húmidos, ao ar livre, onde não existe refúgio nem esconderijo suficientemente seguro. Odiava os filodendros que forravam as paredes, estação após estação, com folhas viçosas, perfeitas, quase de plástico, a que ela dava brilho com mistelas naturais ou compradas nas lojas de indianos do Laranjeiro. As folhas do filodendro eram mescladas de branco e amarelo. O excesso vegetal tornava a casa desconfortável. Sentia que na minha sala moravam as criaturas que protegem os jardins, com os seus brilhos fátuos, o que encerrava uma dimensão *contra natura*, porque morávamos num sexto andar de Almada, perto da Cova da Piedade. Da janela das traseiras avistavam-se prédios inacabados, de construção clandestina suspensa, onde habitavam famílias negras com inúmeras crianças cujas mães trabalhavam nas limpezas e os pais na construção civil. Faziam puxadas clandestinas do poste de eletricidade para conseguirem ter luz nos prédios vadios, e acartavam baldes e jerricãs de água pelas escadas acima, que enchiam na rua, fornecendo-se numa torneira pública, próxima, que a autarquia extinguiu quando os quis expulsar para ali construir uma "urbanização decente". No lado da frente, estendia-se um largo terreno baldio onde as crianças do bairro brincavam primeiro e mexiam depois nos pipis próprios e alheios, à descoberta, segundo a ordem natural do crescimento. Aí, à beira da estrada, numa barraca de ciganos, a paz doméstica acarretava que o cigano espancasse a cigana, que berrava enquanto atirava ao pai dos filhos quadrados da barra de sabão azul e branco com que lhe lavava a roupa. As crianças gritavam todas ao mesmo tempo. O cigano zurrava. Os ciganos eram o espetáculo da janela da frente. Nessa altura era este o cenário. O plano diretor municipal não passava ainda de uma vaga ideia que só se viria a concretizar na década seguinte, mas não se vivia mal. Quando a autarquia os expulsou para ali construir a igreja, a escola e o jardim, o espetáculo diário terminou e estranhámos o silêncio. Para lá do baldio, que se estendia até ao Centro Sul, via-se o Cristo-Rei, de costas para nós, é certo, mas Cristo é uma beleza, mesmo de costas, bem como todo o casario branco de Almada, elevando-se.

Eu estava nos vintes, tinha acabado de ingressar na segunda licenciatura, estudava filosofia e lia o *Orpheu*, Rimbaud, Duras,

Lispector, tudo o que estivesse na onda, ou não, e fodia com o David. Na primeira licenciatura tinha conhecido Shakespeare, Shelley e Dylan Thomas e traduzira a *Eneida*, de Virgílio, com bastos acidentes morfossintáticos, apesar do auxílio da versão das edições Europa-América.

A selva da mamã transcendia a minha escassa tolerância estética. Considerava-a uma pessoa de prolixo mau gosto, antiquada e assaloiada. Tinha vergonha do tropicalismo e desdenhava a casa, destilando a minha raiva em sugestões desagradáveis sobre o seu aspeto, com secura e amargor. Não se podia negar que eu tinha nascido em Moçambique, que estava impregnada desses coloridos ares do sul, mas todos os meus amigos eram portugueses, e entre nós não se falava de África, que tinha ficado para trás. Odiava os papás acabados de chegar de Moçambique. Desejava que morressem num acidente de automóvel espalhafatoso, com o Renault 9 cor de café com leite clarinho, a caminho de qualquer localidade onde fossem visitar os outros retornados, com os quais auguravam o pior dos futuros para a África negra. Parecia-me tudo gente congelada no tempo e na ideologia, incapaz de se adaptar, esquecer, permanecer e avançar. Não via futuro para mim. Ser órfã tardia constituía a única salvação ao meu alcance. Se os papás desaparecessem, o meu caminho ficaria livre, como já estava mais ou menos, desde que tinha chegado em 1975. Livre para beber e chegar tarde, para fogosas tardes e noites de restolho clandestino, com quem me apetecesse, e apetecia, embora as condições físicas se apresentassem desfavoráveis.

O meu corpo continuava a manifestar tendência para alargar. Não era conforme. Os pneus na cintura não me permitiam blusas mais justas, nem a barriga saliente nem as mamas grandes e suspensas, que não se adequavam ao padrão e me envergonhavam, mas havia outros trunfos que me permitiam progredir: lindos olhos amarelos, lábios pulposos, atrevimento e palavra forte. E escrevia bem. Escrever bem não só me garantira o trabalho na Rádio Aventura, como se tornara uma contínua fonte de admiradores, uma torneira sempre a jorrar gente e oportunidades, exatamente o contrário da que abastecia de água, e só de água, pesada, os pretos dos prédios das traseiras, território onde ninguém se aventurava, onde falavam as suas línguas, faziam as suas comidas, como se estivessem em África ou aproximado, mas nós não.

As minhas palavras duras, o meu desdém e repúdio da casa levaram a que a mamã fosse lentamente retirando as plantas da sala, até que um dia cheguei do emprego, anos depois, já nos 90, e ela as cortara todas, abdicando do seu grande orgulho decorativo. Ela queria que a casa me pertencesse, que a casa me agradasse, que eu estivesse na casa. Aprovei, arrogantemente. Respondi-lhe que já o devia ter feito há mais tempo. Não agradeci, sempre me julguei dona e senhora, sempre considerei que o mundo tinha de me prestar a devida vassalagem.

Para aí em 87 ou 88 os papás chegaram a ter um acidente com o Renault 9, contra uma grossa árvore na berma do caminho, num dia em que foram às Caldas visitar a avó Maria Josefa, que já não andava boa da cabeça e acumulava lixo e ratos em casa. O papá via mal.

Espatifaram o carro mas não morreram, apenas mudaram para um Renault Chamade, num lindo cinzento diplomático, que rapidamente amolguei, na Cova da Piedade, junto aos correios, batendo na frente de um veículo mal estacionado, com medo de chocar em eventuais carros que viessem pela direita. Respeitava as prioridades de forma cega. O dia em que tiveram o acidente foi bom porque chegaram muito tarde, e o David foi ficando. Quando não fodíamos, líamos poemas um para o outro, em recitais privados. Não estudávamos puto de filosofia Medieval. Ele não precisava. Tentávamos, para meu bem, mas a minha ignorância no assunto era medonha, e resultava rapidamente vencida pela sapiência do desejo. Quando tiveram o acidente considerei que tinham tido sorte. Se calhar nunca fui uma menina boazinha.

A mamã ensinou-me a viver na clausura. Explicava-me, "nunca temos amigos. As pessoas estão de passagem, por interesses diversos. Quando o interesse acaba, desaparecem. Um dia precisarás mesmo de alguém, e perceberás que afinal não há uma alma disponível para te ajudar. A amizade não passa disto".

"Mas no teu tempo não tinhas amigas?", perguntava-lhe.

"Tinha. A minha mãe. A nossa mãe é a nossa melhor amiga."

Ficava a pensar nas suas palavras, descrendo da sua experiência, enquanto, entre outros afazeres, à tarde, ela me ensinava a fazer pontos na máquina de costura que herdara da avó, levara para Moçambique e trouxera de volta. Dizia-lhe, "comigo não é assim. Isso não é verdade. As pessoas não são todas como dizes".

"Vais ver, menina, vais ver."

Contrariando a mamã, demasiado pessimista para o meu gosto, sempre procurei os outros obsessivamente. Sempre insisti e muitas vezes me impus. E também sempre coloquei a milhas quem bem me apeteceu, quem não correspondeu às minhas altíssimas expectativas. Crua, objetiva e impiedosamente.

Há pessoas que aparecem na nossa vida por uma porta que se abre, inesperada, e rapidamente desaparecem, engolidas por um alçapão escuro, sem que tenhamos tempo de perceber ao que vieram. Há sempre um motivo qualquer, que muitos anos depois conseguimos descortinar. Vieram satisfazer o nosso desejo de admiração alheia ou de beleza e entretenimento. Vieram possibilitar que conhecêssemos alguém que também entrou e saiu, e foi importante, porque nos levou a um encontro especial, a um dia diferente, num lugar desconhecido, e nos proporcionou um passeio único, uma noite de beijos, riso e copos, ou uma amizade indestrutível, nesses minutos que a morte não consegue destruir. Ou alguém que ficou. Não há no mundo explicação para a entrada e saída de transeuntes e utentes pelas vidas uns dos outros.

Quando terminei o ensino secundário saí do colégio e vim estudar para Lisboa. Instalei-me na Cova da Piedade, em casa da tia Maria da Luz, que me tratava como uma filha que não teve. Mimava-me, fazia-me vestidos, alindava-me. Achava-me rechonchuda mas vistosa, "uma linda rapariga".
A minha amizade com a Tony não terminara com a saída do colégio. Visitava-me nas férias e em fins de semanas que combinávamos por carta. Conversávamos muito, contando todas as novidades, íamos ao cinema, passeávamos por lugares onde ela desejasse mostrar-se: a Feira Popular, o Jardim do Campo Grande, a rua Garrett. A Tony andava um ano atrasada e permanecia ainda no colégio. E sem a escrava. Não lhe agradava a minha progressiva independência desde que viera para Lisboa. Insistia em que o ensino superior, os livros, a escrita e os novos amigos me tinham subido à cabeça. Começou a mostrar-se cada vez mais irritada e queixosa.
Num fim de semana que veio passar comigo a casa da tia perguntou-me se lhe passava o *body milk* pelo corpo.
Respondi "passa tu", brincando, sem má intenção. Fitou-me espantada e ofendida.
"Já te passaram as inclinações?!", atirou-me.
"As inclinações?!", ripostei.
"Sim. Pores-me a mãozinha nas mamas. Grandes mudanças! Nunca me enganaste!"
Calei-me. Saí do quarto. Fui beber um copo de água à cozinha enquanto a tia preparava o almoço; regressei, fechei a porta, observei-a pondo o creme nas pernas, arranjei coragem e finalmente respondi: "Olha, em questões de engano afinal somos duas. Karaté, judo, Fórmula 1, Fittipaldi, Björn Borg,

motocrosse, *surf*, sangue especial, o diabo a sete... mas julgas que se consegue mentir tanto e durante tanto tempo sem que ninguém perceba?! Julgas que ao longo destes anos não soube sempre que mentias, que não és quem dizes ser nem tens aquilo com que apenas sonhas?".

Olhou-me sem perdão, levantou-se da cama e esbofeteou-me com a mão cheia de creme. Respondi da mesma forma, sem uma palavra, limpei a cara com o braço e refugiei-me de novo na cozinha, junto da tia, a quem ajudei a pôr a mesa do almoço, transida de desgosto, mas calando-o.

Era sábado e a Tony ficaria até domingo ao final da tarde, mas após a tensa refeição declarou que estava cheia de dores do período e sem os comprimidos e que ia andando. A tia tentou convencê-la a ficar, sem sucesso. Tínhamos Optalidon em casa e ela podia aproveitar mais um dia. Mas não.

Fui levar a Tony ao autocarro, no Centro Sul, despedimo-nos com frieza, e a partir desse dia deixou de responder às cartas que eu lhe escrevia, e não voltou a casa da tia.

Andei chorosa e pesada de culpa nas semanas seguintes, enquanto a tia estranhava o silêncio das amigas e fazia perguntas que ficavam sem resposta.

Lentamente fui-me envolvendo na nova vida de estudo e amizades na Grande Lisboa e os caminhos foram-se abrindo.

Entretanto os papás chegaram de Tete e mudei-me, a contragosto. Queria mudar-me para uma casa minha, sem papás, só eu e os meus sonhos.

Quando os Telefones de Lisboa e Porto enviaram carta avisando que se encontravam reunidas as condições materiais e burocráticas para a instalação do aparelho pedido na altura da compra do apartamento, o papá negou-se. Era um gasto adicional, desnecessário. Falei com a mamã e entendemo-nos. Eu precisava muito de um telefone. Estávamos em 85, terminara a primeira licenciatura, já dava aulas e trabalhava na rádio, caramba, era fundamental! Não podia passar a vida a marcar reuniões e entrevistas na cabine frente ao supermercado do bairro. Portanto, embora negando-se o papá a abrir os cordões à bolsa, o telefone ficou em meu nome, e a mamã pagava a conta com o dinheiro que o papá ganhava. Ele estava assim, no seu entender, afastado deste negócio, e eu podia aceder à experiência da vida contemporânea.

O telefone foi importante para manter contacto com o João Mário, que conheci na Rádio Aventura, nos anos 90, no rescaldo do David. Ele deslocava-se ao estúdio semanalmente, para gravar as suas crónicas sobre viagens nos confins do planeta. Embora escrevesse textos aventurosos, cheios de novidade e perigo, não era propriamente querido pelas mulheres da redação. Vestia-se de *t-shirt* e calças de ganga gastas, pretas, sapatos de corda e brinquinho na orelha, com cabelo escuro e liso, ligeiramente luzidio, sacola de pano a tiracolo, jamais um casaco de fato. Não parecia suficientemente composto nem lavado às meninas do secretariado. Um homem pouco belo precisaria de acessórios distrativos para recolher mais atenções do sexo feminino. Eu recebia-o, derretida. Falávamos sobre a vida, jornalismo e viagens. Era discreto, culto, atento, sem tiques nem arrogâncias. Pensei que seria homem para mim.

Sempre que o João Mário vinha ao estúdio poupava-me ao rímel e ao batom. O seu estilo mostrava-me que deveria gostar de mulheres sem vaidade, das que andam de ténis e se enchem de terra. Íamos almoçar a sítios baratos.

Pelas horas do meio-dia falava-me dos lugares por onde tinha viajado ou pretendia viajar, projetos a curto e médio prazos, enquanto eu me disfarçava de mulher-todo-o-terreno, e ia tentando perceber como me inserir naquele lato projeto. Creio que passei uma parte da vida fantasiando que me incluía numa ou noutra viagem, com protagonistas diferentes. Ora era o Saara ou a China. As minhas fantasias sentimentais eram acompanhadas de viagem.

Contara-me da sua vida apenas o essencial. Fixei que tinha uma paixão no Cazaquistão. Ou no Quirguistão. Ou no Japão. Uma mulher meiga, com lindos olhos castanhos, mas desvalorizei, porque o Cazaquistão, o Quirguistão e o Japão ficam muito para trás do sol-posto.

Tudo estava por decidir, eu tinha movido a primeira peça do tabuleiro, mostrar-me disponível, cabia a ele a seguinte, que deslocaria quando lhe aprouvesse, sendo que eu não deixaria de auxiliar o destino. Um empurrãozinho não se negava. Mas a partida estava para breve: o presumido Oriente longínquo. O projeto era grandioso e entusiasmava-o, naturalmente, e a mim cabia-me conseguir uma forma de não perder o contacto. "Escreve-me para aqui", respondeu-me, e manuscreveu o endereço de Sines num rabisco de toalha de papel do restaurante, com uma Bic preta, a maiúsculas mal desenhadas que me pareceram a mais bela das caligrafias.

"Quando vier a Portugal é aqui que paro, é o contacto mais seguro."

"Quando regressas?", perguntei.

"Não sei, mas quando voltar."

Ele voltaria. Toda a gente volta. Não me interessava se demoraria seis meses ou seis anos. E quando voltasse, na rua C, Núcleo 35-Frente, em Sines, encontraria tantas cartas quantas as semanas que estivera ausente. Seria a casa dos pais? Ao longo das nossas conversas parecera um homem humilde. Talvez fosse filho de pescadores. Nunca lhe perguntara nada sobre questões privadas. Ele nunca entrara em confidências e eu não abusava. Não se pode ir com muita sede ao pote. Nem com pouca. Uma pessoa nunca sabe como abordar o pote. É à sorte.

Receberia as cartas com surpresa e revelação. Perceberia num ápice que ninguém toma a decisão de escrever tão amiúde sem esperança de saber que será lido, e sem que exista um interesse suplementar pelo destinatário. Nesse instante compreenderia, e eu não precisaria de verbalizar palavras diretas ao assunto. Nesse momento incerto no tempo ele saberia, por inferição. Faria assim o meu trabalho, esperaria, e o resto ficava nas mãos do destino. Não era impossível que se comovesse, que pensasse, "esta mulher gosta de mim, não reparei, e é doce". Acreditava que uma doçura tão transparente venceria o mundo. Quando confrontado com a minha alma verdadeira, que escondia por vergonha de sermos demasiado frágeis, a sua fascinar-se-ia.

Numa certa data partiu para o Oriente longínquo, sem saber dizer-me quando regressaria. Talvez quando o projeto terminasse, ou o dinheiro. Talvez.

O meu plano ficou delineado antes da sua partida, e no próprio dia em que nos despedimos, no aeroporto, escrevi-lhe a primeira carta para a morada que me deixou, o que realizei durante dois anos consecutivos, todas as semanas. Muitas vezes eram só crónicas e diários manuscritos, outras vezes pequenas encomendas com objetos que desejava oferecer-lhe: uma pedra, uma folha seca, um lápis, um livro, um recorte de jornal, uma foto, pétalas, uma revista, por vezes envelopes que eu construía e pintava ou nos quais fazia colagens, criações. Coisas de mulher enamorada, atenta e motivada. Ocupava com ele uma parte do meu tempo livre. Vinha do trabalho, sentava-me no sofá da sala com a televisão ligada como ruído de fundo, e quando o papá e a mamã se deitavam ficava a escrever-lhe os meus diários-cartas. Uma parte de mim gozava com o amor que punha nessa correspondência cuidada, mas sem volta de correio. Imaginava que tudo parecesse estranho à família, se é que ela existia. Se o João Mário telefonasse do Oriente para a casa de Sines dir-lhe-iam que tinha por lá dezenas de objetos postais provenientes do mesmo remetente? "Tens uma admiradora!" Rir-se-iam? E qual seria a sua reação? Quanto tempo duraria o empolgamento pela mulher dos olhos castanhos, que mencionara existir? Os homens fartam-se depressa, dizem as mulheres mais velhas. Os homens são inconstantes, permanentemente insatisfeitos. Nunca confiar neles. Nunca acreditar e muito menos esperar, alimentar ilusões. Tudo bem, mas eu precisava de esquecer o David. A vida tinha de continuar.

Nunca me passou pela cabeça que alguém ousasse abrir uma carta. Nem sei se o terão feito. Eram ações cuja baixeza escapava à minha cogitação. Mas que o fizessem?! Nada no meu discurso ultrapassava os limites da saudável amizade. Eram apenas cartas, relatos, ideias e situações que pretendemos partilhar, gratuitamente. Imaginava-o chegando a Sines, sentando-se sobre a cama, num quarto humilde, rodeado pelos sobrescritos e cartas que lhe fora enviando, lendo-as e pegando no telefone para me anunciar "cheguei e tenho saudades tuas". Que tola! Não me ocorreu que não soubesse o que fazer a tanto discurso, que pudesse optar por não o ler, metê-lo num saco velho e atirá-lo ao lixo, pensando, "ele há cada uma". Na minha imaginação era tudo uma questão de tempo, e isso eu tinha. Escrita e paciência. Ia deitar-me e dormia, esperando pelo dia seguinte de trabalho intenso, que adormece a vida, que não deixa senti-la, que não contém sentido nem missão, mas escravidão ordenadora do tempo.

Os dias de limbo sucederam-se sem pensamento até surgir na minha vida o Leonel, que me via lendo no café Colina, e numa fria tarde de domingo, com pouca gente, se aproximou, dizendo também gostar de ler. Informou-me que tinha ido ver o *Querelle* no Quarteto, num ciclo de cinema. O que achava eu do filme?

"Qual *Querelle*, o do Fassbinder?!", perguntei duvidosa. Esse.

"Ah, certo!", exclamei. Parei de ler e escutei-o.

Falava sobre arte com paixão, inteligência e ousadia. Era só um rapaz de génio, mais nada na vida, sobretudo ainda nada na vida, embora todos sejamos uma promessa. Mas tinha mais. Havia nele o turbilhão da entrega pura que nada espera. Havia a dádiva que existe apenas porque eu e tu somos uma só coisa, e basta.

Alto, bonito, alourado, parecido com o James Dean, demasiado jovem para mim, via-se, nem era necessário perguntar-lhe a idade. Um dia deu-me um beijo no ombro, à saída do café, sem motivo nem explicação, vindo do nada. Eu não sabia o que fazer-lhe, mas de novo me comoveu a pureza da coisa autêntica e selvagem a nascer, e entreguei-me ao luxo de me deixar seduzir e fascinar, e fiquei sem tempo para escrever cartas.

Não sei se o João Mário voltou a Portugal, se leu todas as folhas que lhe manuscrevi com letra miúda e perfeita, no melhor papel, com a caneta mais fina, se chegou a ter nas mãos as pétalas que para ele recolhi, se as guardou ou atirou ao lixo, se alguma vez se voltou a lembrar da gorda simpática da Rádio Aventura ou se morreu na fronteira entre o Iraque e a Síria. Nunca recebi uma palavra do João Mário, mas sei que para mim nada acontece em vão. Tê-lo amado sozinha, imaginando-me com ele entre aventuras e beijos, nos confins do mundo, embalou os meus sonhos de amor, entreteve e aliviou o meu quotidiano, manteve-me alerta e esperançosa e deu-me tempo para curar as feridas antes de me lançar em novos voos.

Quando falo em mulheres da minha família quero dizer a mamã e eu. Passaram quase vinte anos desde que os papás chegaram de África. O papá morreu após sucessivos acidentes vasculares cerebrais. Não suportava viver amarrado. Foi melhor assim.

A maior parte das tralhas continua no sótão, incluindo as suas malas de ferramentas cheias de ferrugem. Passou o tempo do João Mário e, mais atrás ainda, da Tony e do senhor diretor. A tia Maria da Luz morreu de cancro no útero. À nossa volta toda a gente vai morrendo de cancros disseminados pelo corpo, por todo o lado, doença que não se compreende como se expandiu tanto nem porquê.

Já é noite e eu e a mamã estamos sentadas no sofá de veludo creme da sala, lado a lado. A selva espalhada pelas paredes foi substituída por flores de plástico. Não há forma de eu e a mamã estarmos de acordo. Penso que não é a minha casa, que aí nunca existirão outras flores que não as naturais, e nunca filodendro. Eu e a mamã não temos os mesmos gostos. Não somos da mesma fibra. Separam-nos tempo, educação, mundo. Que mulher tão desconforme de mim!

Colocou um *bouquet* de flores sintéticas na mesa onde antes estavam os *caladium*, e um colossal arranjo de flores brancas e beges de papel e tecido, num jarrão de faiança de Alcobaça, por cima da arca de madeira exótica com elefantes em relevo. O arranjo colossal não era assustador, porque fui eu que o escolhi numa loja de decoração, no centro comercial. Do mal o menos. Se não o escolhesse, o pior poderia suceder. Foi a minha máxima cedência ao artificial.

O jarrão pintado à mão tinha uma fantasia de lírios amarelos e verdes sobrevoados por abelhas, e provinha do *boom* de produção cerâmica no início dos anos 80. Ladeando o jarrão, duas pacaças em pau-preto, uma delas com um chifre partido, e atrás, encostado à parede, um elefante da mesma madeira, uma girafa manca e uma zebra, ambas em pau-rosa, compradas em Tete ou no Maláui com o fito de trazer para a ex-Metrópole os despojos da África perdida. O esplendor da fauna na savana, com os ruídos da erva que estala sob o calor que tudo queima. Não sei se a mamã viu ao vivo algum dos animais que tinha em madeira, na sala. Em Lourenço Marques não existiam na nossa casa tantos artefactos africanos. O que aconteceu à mamã entre Lourenço Marques e Tete? Quantos anos esteve a mamã em África? A mamã deve ser por dentro o entre-lugar que a sua sala mostra, julgo. Há um imenso fosso de desconhecimento que nos separa. Faltam-nos dez anos de informação, os dez que estivemos separadas. Como nos construímos separadamente nessa ausência? Que pessoas nos tornámos?

Nesta noite de 14 de dezembro de 2004, noite pós-tudo, cheguei tarde, tremendo e desfigurada. Não conseguia falar. Desejava atirar-me para o chão e gritar "salvem-me". Era angústia e desespero misturados. Eu era uma mulher equilibrada. Eu achava que era, que até ali tinha conseguido manter-me em pé, sempre, apesar de tudo e de todos, mas neste momento eu era o fantasma de mim.

Ao final da tarde saí da escola, encontrei-me com o David dentro do seu Toyota, frente ao café de azulejos manhosos, na Caparica, onde, nesse ano, passámos a encontrar-nos para recordar o amor passado, e leu-me a sentença. Confessara à mulher o nosso entusiasmo passional. Tinham conversado e chegado a um compromisso para o futuro. Não podia ceder à minha proposta de irmos viver juntos, e, finalmente, concretizarmos um amor que se arrastava desde a faculdade. Não se sentia apaixonado por ela, embora tivesse chegado a existir sedução, depois afeição e hábito. Era boa mulher e boa mãe. Tinha sido sua companheira até ali e tudo correra sem grandes altos e baixos até ao meu reaparecimento. Eu tinha-me transformado agora numa indesejada pedra na engrenagem, que o obrigava a repensar a sua vida e o casamento, num momento em que o relacionamento esfriara, após o nascimento da filha mais nova, do espaçamento do sexo e das dificuldades financeiras decorrentes da economia hipotecária. Eu tinha chegado acidentalmente numa altura da sua vida em que era possível questionar uma relação na qual tinha entrado por necessidade de normalização e adesão à vida dos crescidos. Tinha sido o aluno exemplar, o filho imaculado. Tudo fizera certinho para compensar o esforço formativo do pai que, a caminho da oficina, lhe desvendava os segredos da vida operária, dura e lastimosa. Eu surgira na sua juventude como uma centelha de bom sexo fácil. Mas era passado. Agora, impossível. Não se podia voltar atrás. Estava feito.

"Não temos hipótese nesta vida, Luísa, e não temos outra. Gosto da minha mulher. Falei-lhe. Falámos toda a noite. Chorámos os dois. Contigo não dá. Não sou capaz. Segue a tua vida. Não consigo imaginar que não irei adormecer a minha mais nova à noite e que não a terei de novo nos braços de manhã, quando acorda, atordoada de sono, mesmo que haja raios de luz que entram na sala e, quando incidem na mesa, me lembram a tua pele, e precise de ler as tuas cartas escondido na garagem, e me lembre do teu rosto, quando me estou a barbear e me veja ao espelho, e imagine as tuas mãos e sinta o cheiro do teu sexo, mesmo considerando a mágoa causada ao somatório de galáxias que formam este universo, sobretudo a mim e a ti, não podemos. Guarda na memória que sempre pensarei em ti, que não és uma mulher que se possa esquecer, mas não é possível para nós. É preciso saber abdicar. Temos de abdicar. A vida é isto. Agora vou."

Tinha-me transferido do meu carro para o seu com a esperança de um "vamos juntar vidas", e de lá saí com a sentença da morte. Regressei ao meu sem saber como prosseguir. Permaneci sentada. Tremia, mas tinha de reagir. Não conseguia mover-me, mas não podia ficar parada na Costa, dentro do carro, no gélido início de noite. Pensei, "tens de ter forças para avançar, ninguém chama os bombeiros porque sofreu um desgosto de amor". Tive ainda tino para telefonar à mamã e dizer-lhe, "não sou capaz de ir agora. Espera. Sim, está tudo bem. Depois explico". Meti a chave na ignição, rodei-a e arranquei, conduzindo em piloto automático. Chorava e as lágrimas não me deixavam ver a estrada. Queria morrer, mas não era verdade. Já tinha querido morrer antes, mas sabia que tudo isso passava, que era possível existir no Inferno. As mulheres da minha família não se entregavam à morte. Era apenas um desgosto e passaria como passam todos. Parei na berma do IC20 sem saber para onde ir. Não podia regressar a casa naquele estado. A mamã não podia ver-me desfigurada e tolhida. Não conseguia disfarçar o choro, e eu não chorava à frente da mamã. Desviei para o Monte da Caparica e estacionei algures numa rua com prédios dos dois lados. Precisava só de parar. O corpo doía-me. Não conseguia pensar, e chiava como um cão magoado. Chorava e gemia. Pensei: "Hospital Júlio de Matos, e se fosse?". Hesitei. "O que me vão fazer?" Imaginei-me a dar entrada na urgência sem uma explicação racional que se pudesse apresentar. "O homem que amo, o único homem que amei, rejeitou-me pela segunda vez, para sempre." Que ridículo! Mas a mulher que eu era haveria de dar entrada numa urgência hospitalar, alegando sofrimento porque o amor lhe havia sido negado?! As pessoas apresentavam-se com dores dessas publicamente?! Imaginei-os a rirem-se na minha cara: "Minha senhora, vá para casa; quem é que não sofreu um desgosto de amor?!". Imaginei-os comentando uns com os outros, "doutor Sequeira, está ali uma senhora a sofrer por amor, vá lá dar-lhe uma injeção ou pô-la a soro", e no meio da loucura soltei uma gargalhada. Rir-me era bom sinal. Ainda não estava louca, embora me sentisse enlouquecer. Júlio de Matos não, estava decidido. Baixei o mais possível a cadeira do Opel Corsa e permaneci estacionada na rua que atravessava o Monte da Caparica, não me perguntem qual, chorando e gemendo dentro do carro, na noite fria, enquanto os transeuntes de quase Natal circulavam como conseguiam, de vez em quando olhando e vendo-me dentro, tolhida como uma heroinómana ressacando.

Revi mentalmente a teoria do David, as suas palavras antes de me mandar à vida. "Juntamo-nos porque há a simpatia inicial, depois o enamoramento, mas também para que olhem por nós, nos tragam um chá ou um cobertor. Sabe bem haver quem se preocupe connosco, nos toque no braço, nos cabelos e nas mãos. Juntamo-nos porque é o que se faz há milhares de anos e o que se espera que façamos. Juntamo-nos para que as vidas se justifiquem e legitimem, ao assemelharem-se a todas as outras. É assim que se faz. Juntamo-nos e ficamos nivelados e amparados. Juntamo-nos porque acreditamos amar-nos. Temos filhos. Entramos para esse exército, que é também um corpo diplomático. Habituamo-nos. Não estamos presos, mas de quem é este livro, e aquele jarrão? De quem é esta casa, este filho? Os gestos habituais que conhecemos de cor ao acordarmos de manhã, fazemo-los porque estamos juntos ou porque nos pertencem? O que é meu e o que é teu? Seria bom estar só, uns tempos, sem filhos, sem contas para pagar e sem obrigações; isso seria vida, mas urgente, agora, é chegar ao verão. Liquidar os atrasados com o subsídio de férias. Comprar roupas para as miúdas. Substituir o frigorífico que não congela há mais de dois meses. Descansar por quinze dias. Amamos aquele com o qual estamos juntos? Estamos juntos, não estamos? Chega de pormenores. Que interessa o resto? Que interessa quem amei mais? A minha mãe casou para se amparar, o tio Alberto amou toda a vida a cunhada e nem no leito de morte lho revelou, e a minha tia Inês negou-se ao rapaz por quem se apaixonou por estar prometida ao tio Alberto. Todos cumpriram as suas obrigações. Não terem acordado ao lado do objeto amado, não terem iniciado os gestos ou as palavras do amor não amputou a paixão. Amaram na presença e na ausência. É assim que se faz. O amor não anda ao nosso lado, o amor anda à solta nos peitos, como um pássaro engaiolado. Adormece-nos. Desperta-nos. Faz-nos sair e voltar a casa. Chorar. Rir. E se isto não é viver, o que é a vida?"

Revi palavras, gestos, olhares, chorei sem interrupção, até à hipnose dos sentidos, até adormecer e despertar e ser capaz de pronunciar uma única palavra, ideia, essência: David, David! Mais nada. Era meia-noite quando me recompus o suficiente para conduzir até à casa.

A mamã recebeu-me à porta. Estava aflitíssima. Tinha pressentido que eu estava mal. Telefonara mil vezes e eu não atendera o telemóvel.

"O que é feito de ti, menina? O que é isso? O que tens tu?"

Sentei-me no sofá de veludo, frente à estante de pau-rosa onde se encontrava a televisão, a *Lexicoteca*, a *História de Portugal* da Alfa, alguns livros de arte da minha coleção, as fotos do meu pai, do meu tio, minhas de quando era pequena, os cinzeiros, passarinhos, esculturas de animais e cenas tribais, tudo em pau-preto, naturalmente, os jarrões de louça com flores de plástico, e na confusão emocional ouço a minha voz de outro dia dizer à mamã, "flores de plástico não são flores, é plástico". E ouço-a responder-me, "mas dão alegria à casa, menina". Sento-me com ela ao lado, fazendo perguntas. E choro. Era tarde, sim. E chovia. Uma noite pesada e fria. Mal iluminada. A luz do candeeiro no teto parecia tão fraca que se perdia pelos cantos da sala, exígua, sem calor nem conforto, embora todas as lâmpadas estivessem acesas. Nessa ausência de luz precisava de lhe dizer a verdade pela primeira vez. Despejar o saco da frieza e do ressentimento. Eu era uma miséria de mulher, um torpor, uma dor que já nem dói. Um farrapo de lã que já não aquece. Já não pretendia esconder-me do que tinha sido e fingir uma perfeição que não me assentava. Quebrara-me de novo em fragmentos, como se quebra o vidro e as pessoas. E de cada vez que me quebrava não era possível voltar ao que tinha sido antes. E era assim há muito tempo. Não sabia se as mulheres da minha família alguma vez tinham sentido o mesmo que eu, se eram assim imperfeitas, e não queria saber. As palavras saíram-me de jato. Acusei-a de me ter transformado numa mulher sem ninguém, numa desamada sem regresso. Ela nunca gostara do David. Era sua a culpa de nos termos afastado, de nunca ter corrido bem. Tinham sido as suas preces e magias a separar-nos. Culpava-a da minha solidão e isolamento. Contei-lhe tudo o que antes escondera sobre o David. Tudo o que nunca dissera. Tudo desde o início. "Este é o homem de quem gosto, de quem gostei. O único homem e mais nenhum, entendes?!"

"Era um garoto...", balbuciou.

"Agora é um homem!", gritei.

E que me entendesse bem, porque até ela tinha saído das berças para viajar até Moçambique ao encontro de um desconhecido que a amou. Até ela, emergindo das berças fundas, tinha sido amada, e eu não. Eu nunca.

"Nunca te interessou o que eu sentisse, apenas o teu bem-estar e o do pai. Só vocês. Sempre vocês. Nunca quiseste que fosse como as outras. Sempre estiveste contra o meu amor por ele. Sempre boicotaste nas minhas costas. E de certeza que rezaste contra nós e pediste a Nossa Senhora e ao diabo dos teus santos todos, aposto, que nos separássemos. E passei a existir para vos amparar na velhice, vos passear e atender, como se não tivesse direito à minha vida. Destruíste o meu único amor."

E ela falou. Aflita. Constrangida. Pela primeira vez vi a mamã na mamã, também ela liberta nesse momento. Dorida, não comigo, mas por mim.

"Não é verdade, menina. Eu e o teu pai sempre quisemos que fosses feliz, que fizesses a tua vida com alguém de quem gostasses. Não é verdade, menina. Sempre quis o melhor para ti. A vida não é como nós queremos. Há quem não tenha sorte no amor. E o amor não te quis até agora, mas quem sabe?! Não estava escrito que o David havia de ser teu, caso contrário teria sido. És muito nova. Vais conhecer muitos amores, ainda. Não fui eu, nem o teu pai, acredita em mim. Vai descansar. Toma um comprimido e vai-te deitar. Faço-te um chá. Anda."

Foi mansa comigo. Fez-me uma festa na cabeça, na cara, atingida pela minha dor.

"Vai deitar-te, menina. Amanhã hás de estar melhor. A que horas tens de ir trabalhar?"

"Tarde."

"Então vai dormir."

Droguei-me o mais que pude, e no dia seguinte fui trabalhar como se chegasse de um outro mundo. Acabei de corrigir os testes, pedi ajuda para lançar notas e sobrevivi às reuniões, presente mas ausente. Entrevi o David ao longe, numa reunião noutra sala. Ele viu-me e desviou o olhar. Seguiu-se o Natal e o Ano Novo. O David manteve a sua intenção.

Não havia nada a fazer, não havia volta, mas o David saberia doravante, mais ainda do que antes, que era meu, que arrastaria consigo os nossos restos vivos, impalpáveis. Mesmo na sua mudez e silêncio eu seria o que em si era incognoscível, o escuro e o claro, os seus trapos e papéis, o carro do hipermercado que empurrava, enquanto se empurrava para fora de mim, esfolando os joelhos e a pele das mãos, que eram meus sem tempo. Ele sabia que todos os ventos, a rotação dos planetas conhecidos, a luz das estrelas e o vácuo dos buracos negros, que chega ao outro lado, o trariam para mim mesmo que nunca o tivesse comigo. Até ao fim. "És meu. Se houvesse outro caminho para ti, juro, deixava-te ir. Não tenho culpa que o teu umbigo, e o meu, em conluio, se tenham atado. Não tenho." Pensava na insónia. E bem.

Conforme foi envelhecendo, a mamã perdeu força e vontade para cuidar das suas plantas. Paulatinamente deixou de conseguir andar pela casa e fazia com esforço o trajeto quarto, casa de banho, cozinha, depois quarto, casa de banho, depois quarto até à cadeira-sanita.

Nos últimos anos da sua vida lembro-me de a ver sentada no sofá do quarto. A mamã e o sofá transformaram-se, para o fim, num móvel único, devido à osteoporose e às artroses múltiplas.

Nada resta do filodendro nem do *caladium*. Não os suporto. O tronco desapareceu. Ficou a erva-da-fortuna, única planta que guardei e espalhei pelas floreiras da rua. É um belo espécime vegetal. Em memória da mamã transformei a varanda da sala numa pequena Amazónia, lugar onde nunca estive.

Quarto dos papás

O quarto de casal situa-se à direita da porta de entrada do apartamento. A janela comunica com a varanda da frente, para a qual também dá a sala de estar.

Quando viemos para esta casa fui eu quem decidiu que o quarto da frente seria o dos papás. Deram-me a escolher. Considerei que o quarto da frente é o principal no lar, e por isso pertence aos ocupantes dos lugares mais altos na hierarquia familiar. Talvez tenha sido eu que me coloquei sempre, à partida, numa posição subalterna.

Quando afirmo que ao chegar de África nenhum deles era capaz de me olhar como adulta, talvez queira dizer que nunca fui capaz de me ver como adulta junto deles. Que não sabia ter, com eles, o poder de uma pessoa crescida, ao seu lado, como igual. Não andei nessa escola lenta de ir progredindo em companhia. Fui criança e depois mulher, e o que ficou pelo meio perdemo-lo os três. Saltámos dez anos no tempo e no espaço sem que as nossas mentes tivessem conseguido ajustar-se a viver na ausência e depois na presença adulterada. Como é que se fazia para discordar dos papás? Para fazer valer a minha opinião e lhes mostrar que, embora sendo deles, era também senhora de mim? A história não se compadece com emoções privadas e é a sua frieza implacável que concede à pequena resistência individual uma dimensão épica. Tudo se atravessa como se não estivéssemos sempre mortos e vivos, no mesmo instante, lutando por adiar a transição.

A mamã casou sem amor, em 1958. É certo que o parceiro lhe não foi imposto pela família, mas a pressão social exercida no meio rural sobre uma mulher com mais de trinta anos, ainda solteira, deve tê-la sufocado.

A mamã decidiu escolher para companheiro da vida inteira um homem que conhecia muito vagamente; que, tendo integrado um contingente de brancos enviado para as colónias, a fim de executar trabalhos técnicos conducentes ao desenvolvimento da província de Moçambique, a pediu em casamento, por carta enviada de Lourenço Marques. Fê-lo no primeiro contacto epistolográfico, enviando fotografia de fato completo, sorridente, com cigarro entre os dedos.

A fotografia fez furor. Era um rapaz perfeito, bem-parecido, como se dizia. Alto, forte, de rosto honesto e sorriso aberto.

A família da mamã foi às Caldas da Rainha recolher informação sobre o moço: sim, era bom rapaz, trabalhador, muito amigo da mãe, mas dado a putas e amantes! Contudo, bom rapaz. Sabia-se ter ido para África deixando na terra inúmeras senhoras casadas e viúvas inconsoláveis.

Nas poucas cartas que trocaram, nos três meses que mediaram o pedido e o casamento, mostrou-se correto, terno e brincalhão com a mamã. Ela, sempre distante e formal, seriedade que lhe garantia qualidades matrimoniais. A mamã não era uma louca qualquer, mas uma senhora católica da província, prendada, trabalhadora e dedicada. Sem caprichos nem veleidades. Com os pés bem assentes na terra. Sentia-se feliz por ter conseguido encontrar um parceiro que parecia poder oferecer-lhe uma vida melhor. Não teria de continuar a aperfeiçoar peças de louça na fábrica do Raul da Bernarda, ao mesmo tempo que ajudava os pais na quinta. Iria trabalhar na sua casa, para o seu marido e filhos, numa outra terra que não conhecia, mas onde sabia que se vivia bem. Ao mesmo tempo pairava sobre o seu pensamento uma vaga preocupação com o futuro. Quem seria o simpático homem da fotografia? Teria os bons fígados que aparentava, e nesse caso estaria com sorte, ou seria dos que manifestavam mau vinho e por nada espancavam as mulheres, impunemente. Era a lotaria. Afastava daí o pensamento. A decisão estava tomada e não havia outra forma de viver. Arriscava-se e depois se via.

Quando desceu do navio *Império*, em Lourenço Marques, viu nessa altura, pela segunda vez na vida, o rosto queimado do homem com quem se havia cruzado anos antes, no café da prima. Não se conheciam. Não se amavam.

Em 1985 a mobília do quarto de casal dos papás continuava a ser a da casa da Matola, em madeira escura, a que a mamã puxava o lustro com cera preta para a aproximar o mais possível das madeiras exóticas que tinham muito valor. Cama com cabeceira e pés montados num gradeamento de colunas, mesas de cabeceira, cómoda, psiché, cadeira, banco, estofados em napa branca, com linhas muito direitas, mas clássicas. No caixote veio também um guarda-fatos adquirido em Tete, que nunca fez parte da mobília da Matola, casa na qual o papá mandara construir armários embutidos na parede, o que excluía a necessidade da peça. O guarda-fatos proveniente da fábrica em Tete apresentava *design* dos anos 70, com um *aileron* ao alto, quebrado por um pináculo a meio, ponto a partir do qual o acrescento crescia, alargando a partir daí as suas asas retas. Foi das peças de mobiliário mais horrendas que tive de enfrentar. Tentei dar a volta à feia herança colocando-a em vários quartos, em diferentes paredes. Imaginei-o pintado com uma patine branca desgastada, com raspado falso, mas nunca ficou bem em assoalhada alguma, onde quer que o colocasse, e jamais na minha imaginação. Considero mau sinal a minha fantasia não conseguir visualizar o que um objeto pode ser, ainda não o sendo.

Quando os papás vieram de África deu-me jeito pensar que já não faziam aquilo que os pais nunca fazem, embora eu tivesse começado pouco tempo antes.

O sexo era uma brincadeira, mas a sério, sumarenta e líquida como descascar uma laranja e comê-la, sem palavras próprias nem regras. Era uma brincadeira de animais saciados-esfomeados, sem se perceber a diferença. Não podia ser possível nem verdade que os nossos pais se entregassem a um gosto tão bom depois de nos ensinarem a encará-lo como vergonha.

Não somos capazes de ver os pais como pessoas iguais a nós, como penso que eles não são capazes de nos ver como pessoas que também já foram, antes de se terem tornado aqueles que conhecemos. Somos continuações e prolongamentos uns dos outros, que se escondem e se temem.

Não compreendo a dedicação da mamã ao papá. Tem o hábito de lhe calçar as peúgas, depois os sapatos e puxar os atacadores, atando-os. Talvez não se possa calçar facilmente se a mamã não o fizer por ele: a barriga dilatada não o deixará baixar-se. Mas é um rebaixamento da mamã. O amor é isto? Parece-me existir entre eles a confiança e a intimidade de quem se ama sem palavras nem pensamento. Precisam de se sentir juntos, e percebe-se que apreciam a proximidade. Essa unidade basta-lhes. Tem graça pensar que casaram para formar família, para se entreajudarem, e que o amor não entrava no plano, à partida. Não foi o que os juntou. Então foi o quê? O que construíram juntos ao longo do tempo permitiu-me conhecê-lo. Tê-lo, não. Não tive isso. O amor estava destinado a ser, para mim, as primeiras imagens que recordo do modo como se traduzia a sua relação.

Havia momentos em que o papá ficava a olhar para a mamã e se ria da sua cara sempre composta e séria.

"Qual é a graça?", perguntava ela.

O papá não respondia e continuava a rir.

"Parece que és parvo."

Ele levantava-se, abraçava-a e dava-lhe um beijo com força.

O amor talvez seja ficarmos a rir olhando para o rosto da pessoa amada, não nos importarmos que nos chame de parvos, depois levantarmo-nos, abraçá-la e beijá-la. E mais nada.

Portanto, os meus pais já não faziam coisas, mas a mamã aludia à ruiva do talho, a das calças verdes, maljeitosa, que o cortejava. Eu sossegava-a explicando que não podia ser, não passaria de um convívio de vizinhos. Uma mulher entrada na idade a cortejar o papá, que ideia mais ridícula! E o papá a cortejar alguém, aos sessenta anos, gordo e estragado, honestamente, que ideia! Ria-me e exclamava, "que exagero". Não poderia ultrapassar a mera brincadeira, e não seria mais do que uma troca de piropos inconsequentes. A mamã clamava que não, que havia mulheres que se metiam debaixo de homens casados, e que a eles, naturalmente, agradava o enaltecimento. Acrescentava que o gerente do talho era putanheiro e levava o papá para maus caminhos. O talho era um coio de carne e vício. Chamava-me e comprovava as suspeitas abrindo a gaveta da mesa de cabeceira do papá. Entre relógios de pulso avariados, velhas moedas de escudo moçambicano, cartões de identificação com e sem foto, esferográficas Bic ponta fina, cotos de lápis e lacre, mostrava-me caixas de comprimidos e elixires medicinais à base de pau de Cabinda e ginseng que ele tinha comprado na ervanária para ter mais força naquilo.

"Ainda tem a mania destas coisas", e esboçava uma careta.

"Oh, mãe, não é isso!" Ria-me, envergonhada. "É só uma vitamina para dar força. Deixa-o ter as suas alegrias. É natural. Os homens nunca perdem essa ilusão."

"É maluco. Tem a mania que é novo. Sempre foi dado a estas parvoíces. Tem pancada, o teu pai."

A mamã não se confessava com amigas. Teve a sua mãe, mas morreu-lhe cedo, e eu nunca me importei de ser a confidente preferida e o seu desabafo, mas preferia não abrir as gavetas deste género de conhecimento, como não abria as do mobiliário do seu quarto. As gavetas da mesa de cabeceira, como as da cómoda e as do psiché, sempre abriram mal, como se estivessem empenadas. Pareciam ter sido feitas maiores do que as caixas que as recebiam, e emperravam se não fechassem direitas e à primeira tentativa.

Contei as desconfianças da mamã ao Leonel, que lhe dava crédito. "Olha que é capaz de ser verdade", afirmava. "Olha que os vejo da varanda e os velhotes mantêm-se frescos. O teu pai não sei, mas não é impossível." Pedia-lhe que se calasse, não queria saber mais, e o nosso namoro continuava em águas mornas. Era excelente amigo, mas não tinha grande interesse por aquilo de que eu gostava, o que foi condenando a relação.

Desde que mudaram de Lourenço Marques para a Matola, em 1971, até morrerem, em Almada, em 2001 e 2013, os papás tiveram sempre a mesma mobília de quarto, em umbila escura, que pouco se estragou com os anos. A certa altura desencaixou-se o espelho do psiché e o móvel passou para o sótão, solitário. O papá usava-o para preencher os Totobolas e escrever relatórios do serviço. Aí se pousavam relógios, perfumes, medicamentos, e nas gavetas havia peúgas, lenços de assoar e os tais energizantes. Servia pouco.

A mobília permaneceu em bom estado até à morte da mamã, sendo que seguiu para o Alentejo, para uma casa no campo que um dos cunhados da tia Maria da Luz lá tem. Imagino que esteja a ser útil e que muitos anos depois de eu passar para o outro lado, os netos dos que poderiam ter sido meus filhos venham a nascer na cama do quarto da Matola transferida para Reguengos de Monsaraz.

Estando em qualquer parte da casa, conseguia ouvir os papás, depois de almoço, deitados, descansando e dissertando sobre a vida, de porta aberta. Dormiam uma sesta muito breve. O resto do tempo era passado a falar, estendidos. Escutava as conversas ao longe. O papá aconselhava-se. Entendiam-se como anjos. Era uma paz sem sobressaltos.

"O que faço?"
"Fazes isto, fazes aquilo, menino."
"Não será melhor dizer-lhes o que penso, tal e qual?"
"Cautela. O que fica por dizer é sempre o melhor", avisava.

Há um ruído de vozes pacíficas, que se compreendem e resolvem, nesse pós-refeição, que urdem sem pensar, prolongando, nesse instante, a teia que um dia se desfará.

O papá trabalhou toda a vida sem férias até integrar o quadro da Hidroelétrica de Cahora Bassa, em 1975, o que lhe permitiu, uma década depois, em virtude do acordo estabelecido entre esse projeto e a EDP, um emprego decente em Portugal. Trabalhou até ao limite da idade legal como operador em diferentes subestações de Lisboa. Era ele quem acendia e apagava a iluminação pública da capital. Era ele quem mandava na luz. Era uma grande responsabilidade, de que se orgulhava muito, tal como eu e a mamã.

Reformou-se e seis meses depois sofreu um extenso e profundíssimo acidente vascular cerebral que lhe apagou metade do cérebro, ficando paraplégico, preso à cama de umbila, porque a mamã implorara, na Beira, espaço no barco a um preto do comité, humilhando-se, dizendo que sim, era verdade, os brancos não valiam nada, muito menos o meu pai, mas que ela era apenas uma mulher, e dessa forma, chorando-se, conseguiu um papel que teria de ser carimbado por outro preto, e depois outro, os quais também viriam a exigir a sua humilhação de branca, devidamente acompanhada de luvas, de preferência em dólares ou randes. A mamã sabia viver. Sabia que havia tempos para a humilhação e outros para a glória, e que o sucesso estava no equilíbrio entre a esperança e a impossibilidade de a perder.

O papá não morreu nessa cama. Depois do AVC, sentava-se nela de costas para a porta do quarto, enfrentado a janela aberta, de onde via os aviões e os pássaros. Com a mão direita agarrava o pináculo da cama e conseguia erguer-se sozinho, enquanto teve força nesse braço. Depois o estado físico degradou-se e dependia de mim e da mamã para todas as funções. Ficava horas contemplando o céu, pensando, falando sozinho. Ao longo dos anos da doença a sua condição mental foi-se alterando. Apresentava períodos de euforia e de depressão. Por fim entrou numa apatia que rapidamente passou à agressividade sem razão. Foi perdendo a consciência. Exigia irracionalmente, de acordo com impulsos, não atendendo à lógica ou à sensatez. Exigia a normalidade perdida. Exigia-a de nós e dos médicos, como se detivéssemos o poder de o recriar. Perto da morte, que se lhe via inscrita nos olhos e na voz, crescendo com rigorosa nitidez, negava-a. Queria passear, estar na minha companhia. Levava-o a comer gelados à Costa, nas tardes de verão. As pessoas habituaram-se a ver a gorda transportando o velhote, a cara chapada um do outro, parando no Pintado para gelados de duas bolas. Ríamos como bebés. De tudo. Mesmo que não houvesse nada de que rir, ria. Ele ria com os olhos, com a baba. Ria-se porque eu estava ali e o amava, porque era a sua carne, a sua luz e a sua vida, e isso o tornava feliz. Juntos tínhamos poder e não nos interessava mais ninguém, embora convivêssemos com quem aparecesse. E sentado na cama, já entrado na demência do cérebro moribundo, condenava-me, "quando eu morrer vais sentir muito a minha falta. Hás de chorar muito quando eu morrer...". Ia ao quarto e ralhava-lhe. "Como podes dizer isso? Tens consciência do que estás a dizer? É o que me desejas?" Calava-se, olhava-me com olhos tristes onde se lia a morte, e baixava a cabeça, descaindo o pescoço, os ombros. Eu havia de sentir muito a sua falta, ficava a dizer só com o olhar. Eu havia de sentir, por muito tempo. O acidente vascular que lhe comeu o cérebro transformou-o na sombra do homem que havia sido.

No dia do AVC, em 1995, regressámos a casa após o habitual almoço de domingo, na Caparica, no qual abundava a caldeirada, o arroz de marisco ou de tamboril, a açorda, sobremesas com chocolate, nata e amêndoa, sempre com fartura, porque o papá nunca atava os cordões à bolsa na comida, só na conta do telefone e noutras necessidades caseiras para as quais a mamã aforrava mentindo-lhe quanto ao preço das mercearias. Se as batatas custavam dez, a mamã reclamava vinte e o papá indignava--se exclamando que a vida em Portugal "custava couro e cabelo".

O Opel Corsa azul-escuro, comprado com a venda do Renault Chamade cinzento diplomático, deslizava pela rotunda junto ao Pingo Doce do Feijó, que na altura era ainda um vulgar cruzamento com as normais prioridades inerentes ao código da estrada, e na rádio passou "Unforgetable", cantado pela Natalie Cole, em homenagem ao pai.

Unforgettable, that's what you are/ Unforgettable, though near or far. Acompanhámos o tema, cantando alto e desafinadamente, cada um puxando-a à sua maneira, o que nos fez rir mais uma vez, e também à mamã, que tinha o riso pesado.

"Vocês não ganham juízo", exclamou, tentando manter a postura.

O papá reforçou, como era habitual, que eu cantava bem, aliás que teria dado uma grande cantora lírica se tivesse recebido aulas, tal como repetia que as minhas pernas eram bem torneadas e toda eu muito bem-feita, gorda não, mas forte, tal como a avó Maria Josefa, mulher grande em benevolência e entendimento, que aprendera a ler sozinha e arrumava os homens das Caldas que tentavam impor-lhe poder.

Era eu quem conduzia em direção a casa nesse domingo após o almoço. Tinha os meus testes para corrigir. O normal da vida de professora.

Depois do jantar o papá sentiu-se mal, alegando tonturas e torpor. Não ligámos. Comia sempre demais e socorria-se do auxílio da Alka Seltzer. O costume. E a mamã avisando-o sempre, "qualquer dia ficas paralisado numa cama e nunca mais te levantas. E depois hei de cá estar eu. Sobra sempre para mim".

"Vou dar uma volta à rua e apanhar ar", avisou. Foi passear a cadela e quando regressou deitou-se, pouco melhor e sem palavras. Eu fiquei até tarde a corrigir testes. A mamã acordou-me nessa madrugada, pouco antes das seis, em alvoroço. O papá tinha despertado para beber água e descobrira-se paralisado. Não conseguia mover os membros nem falar. Chamámos o 115. Recordo essa madrugada, o nascer do sol já próximo, embora os postes de iluminação pública se mantivessem com as luzes acesas. Recordo o ponto exato da subida do Pragal onde me passou pela mente a ideia de que a nossa vida sofria nesse momento um revés irrecuperável. E agora?! Continuar! Apesar de tudo, contra tudo, continuar. Existe porventura outra solução?!

Eu e a mamã estivemos todo o dia aguardando desenvolvimentos na urgência do hospital, preocupadas, sem comida, mal sentadas e mal dormidas, sem o poder ver nem acompanhar, sem informação relevante para além do "sofreu um AVC". E continuar.

Mais de vinte e quatro horas após a sua entrada, a assistente social de serviço da parte da manhã declarou que o transfeririam nesse dia ainda para a enfermaria, lugar onde, em data posterior, consegui apanhar a médica, entre portas, que fez o favor de me dedicar um minuto da sua atenção, esclarecendo, prosaicamente, que uma área extensa do cérebro do papá, "metade ou um pouco mais", tinha sido destruída pelo AVC, não existindo esperança de voltar ao que tinha sido, embora pudesse recuperar muito parcialmente o uso dos membros, mas seria difícil no seu caso, dadas as sequelas anteriores.

"Sequelas anteriores?!", perguntei à mamã.

Lembrou-se de que devia ter sido em Lourenço Marques quando eu ainda era bebé. "Houve uma altura em que o teu pai esteve uma semana de cama, sem conseguir mover-se. Vi-o às portas da morte. Pensei que ficava viúva contigo nos braços e sem amparo. Rezei muito e ele melhorou rapidamente. Numa manhã levantou-se como um Lázaro, foi trabalhar e nunca mais pensámos no assunto."

Aproximei-me do papá na enfermaria e disse-lhe, "estive a falar com a médica e ela está otimista. Diz que vais recuperar muito bem. Vais ficar bom. Vais voltar a andar, não te preocupes". O amor carece de razão, de verdade e de moral.

Nos sete anos que se seguiram vi o papá deitado ou sentado na cama da Matola em Almada, ou na cadeira de rodas que circulava entre assoalhadas e entre casa e rua, permitindo também a trasfega para o sofá, o carro e o banco de jardim.

O papá ficou dependente de mim, da mamã e do seu enorme desejo de melhorar, iniludivelmente insuficiente. Eu ia-o animando com artigos que lia na imprensa. "Li na *National Geographic* que o cérebro tem capacidades autorregenerativas e quando uma zona fica afetada outra assume progressivamente as suas funções e a substitui. É a pouco e pouco. Demora o seu tempo, mas vai." Não mentia. Tinha lido. Lia tudo o que surgia sobre lesões cerebrais.

Fui para Grândola em 96, um ano após o AVC do papá. Foi de propósito. Não suportava passar a semana inteira no meio de tanta dor. Deixei a mamã sozinha nos dias úteis. Que arranjassem ajuda e me deixassem viver um pouco. Passei a ter a minha casinha no Alentejo, onde dava aulas, voltando à dos papás aos fins de semana. Trabalho muito e em funções de muita responsabilidade.

Há um domingo de manhã em que, a caminho entre o meu quarto e a sala de estar, o vejo no seu, enquadrado pela moldura da porta. Está sentado na cama, com o olhar fixo no que se passa nas restantes assoalhadas, em mim, nos meus movimentos. Escuta as vozes dentro da casa e os ruídos de fora. Faz perguntas de vez em quando. Chama-nos. Diz que quer um copo cheio de "Cocóla", termo do nosso código privado. Pede que lhe cocem o braço. Tem comichões na pele, muitas, onde o único braço que movimenta não consegue chegar. A higiene é insuficiente. As funcionárias do centro social que prestam apoio recusam lavá-lo na banheira. É pesado. Não colabora. Fazem-no na cama, com pano turco e água morna. Perdeu massa muscular. O lado esquerdo do corpo caiu. Não bastou perder a motricidade; pele, músculos, unhas e cabelo crescem também mais devagar. Vejo-o de relance enquanto passo para a sala de estar. Um segundo. Para me ver levanta a cabeça, que mantém descaída quase em permanência. Olha-me com os papos dos olhos moles de monotonia e desistência. Um homem que foi um imperador e agora está um cão velho, trôpego, malcheiroso, atrapalhando a passagem. Um homem que foi um rei, derrubado e vencido, que espetáculo tão triste para quem ainda se mantém de pé! Hão de passar-se quantas noites e dias nos quais reverei, na minha cabeça, esse segundo em câmara lenta? O olhar pisado-mortiço do papá, sentado na cama, olhando-me sem palavras, pensando "tenho pouco tempo. Estás aí cheia de vida e sou um peso". Tudo isto sem palavras porque foi a minha culpa que as inventou. Terá o papá realmente pensado o que li nos seus olhos ou o que neles vi eram golpes da minha consciência? A culpa. O olhar moribundo vivo do papá querido. Uma vez e outra vez. Outra ainda.

"Levanta a cabeça", digo-lhe.

Ergue-a por momentos.

"Para quê?", pergunta.

"Não te quero de cabeça baixa. Não quero ver-te assim."

"Queres ver-me como?", responde desanimado.

"Levanta a cabeça. Faz o que te peço. Vá lá."

Morrer talvez não seja muito difícil, se não tivermos pena de nós e do que deixamos, mas sobreviver à morte, que testemunhamos continuando vivos, carregando-a sobre os ombros, exige sangue-frio e coragem.

O papá marca a minha vida porque tudo começou com ele, que não era sequer o mais forte nem poderoso de nós os três.

Afirmá-lo é uma injustiça para a mamã, essa sim, a verdadeira força. O papá usufruía da vida com um prazer que não voltei a encontrar em ninguém. Para si todos os dias eram perfeitos, e se cometia ações contrárias aos seus valores recolhia aos conselhos sábios da mamã, fiel da sua balança. Podia fazê-lo porque a mamã existia para o cuidar e apoiar. O papá gostava do mundo, sem preferências. Tudo era bom. Mergulhou na vida e tirou partido, até ao momento em que ficou preso à cama. Comia e bebia com prazer visível, que alegrava as testemunhas. "Ele come bem; ele gosta de comer." Toda a gente sabia. Mas se tivesse seguido os conselhos e advertências da mamã...

Lanço uma cintilante aurora boreal de fogo de artifício à variedade e riqueza de vida que o papá levou. Com ele experimentei o atordoamento dos sentidos. Com a mamã aprendi que devemos controlar todos os excessos, de preferência evitando-os, resistindo-lhes árdua e vitoriosamente. Se sabe bem é vício. Extermine-se. Entre o papá e a mamã era o "faz, não faz, come, não come, vai, não vai". O papá vivia, a mamã mantinha o barco à tona, por isso venha uma segunda aurora boreal do mais belo fogo só para a mamã. Humilde, modesta, discreta e sossegada base a partir da qual nós os dois partíamos para os nossos idealismos e extravagâncias.

No dia em que o papá morreu prometi-lhe, "não hei de acabar como tu". Nesse dia estava a cem quilómetros, trabalhando excessivamente, como sempre desde que comecei. Quando trabalhamos como escravos que dependem de segundos escravos que reclamam sobre terceiros, a vida passa e não damos por ela, entorpecidos pela engrenagem. Quando acordamos e percebemos, finalmente, muitos anos depois, que o tempo passou, estamos gastos e rebentados, ninguém nos valoriza nem recompensa, nem tempo terão para nos escutar. Somos os vagabundos protagonizados por Chaplin no seu filme *Tempos modernos*.

"O seu pai morreu." Não me disseram "o seu pai morreu solitário, como um animal". Apenas "morreu". Pensei "não é verdade", e meti-me no carro. Há assuntos que remetemos para gavetas, adiando o seu reconhecimento, embora já tenhamos percebido que aconteceram ou vão acontecer. Por exemplo, uma pessoa que vamos amar. Já sabemos que isso acontecerá ao longo do percurso, mas não ainda, não neste agora. Por enquanto não dá. Vamos estando juntos e ignorando o que já sabemos. Ignoramos limpamente, porque não nos é útil ter mais do que uma ideia vaga, uma suposição escondida sob a dobra de tecido que poderá ser desdobrado para se espreitar e confirmar se ainda lá está.

Fiz o caminho no carro, de Grândola para Almada, nesse estado de consciente adiado, escutando rádio e trauteando músicas. Cheguei à casa em cujo quarto se encontrava o seu leito de morte, afastei do corpo a mortalha que o cobria e constatei, "morreste mesmo". Havia pouca luz no espaço. Uma lâmpada sem candeeiro. Perscrutei-o. Tentei perceber se tremia, se havia um leve sinal de vida. Esperei alguns minutos. Toquei-lhe na cabeça, na testa, na cara, nas mãos. Olhei de novo os seus dedos amputados, agora inertes. As mãos do papá, inclusive a que não tinha os dedos médio, anelar e mínimo, estavam frias. Os tais dedos decepados por acidente, numa tipografia das Caldas, onde trabalhou quando adolescente para alimentar a avó Maria Josefa, que fazia a sua parte na resistência à fome da casa, os tais dedos morriam pela segunda vez, porque, não tendo existido no tempo das suas mãos na minha vida, sempre os vi. O papá deixava-me mexer-lhe nos cotos e não lhe fazia impressão, nem a mim, que sondasse com os meus dedos inteiros os seus, perdidos.

"Dói-te?"

Não doía.

"Doeu-te?", insistia.

Não, nem dera por nada no momento em que acontecera. Estas coisas sucedem de repente, como um roubo por esticão.

Quando compreendemos, já foi. Quando deu pelo sangue que manchava o trabalho, e percebeu que não tinha os dedos, estava a falar distraído com os colegas.

"E os dedos cortados?"

Não sabia. Não se lembrava.

"Devem ter ficado na máquina. Se calhar. Olha, foram-se."

Na minha imaginação reconstruo o episódio dos dedos cortados, e vejo-o saindo a correr da tipografia, com a mão embrulhada em trapos ensanguentados, a caminho do hospital. Vejo a tipografia escura por dentro, repleta de máquinas oleosas e oleadas, pretas. Vejo a aflição dos colegas mais velhos, "o garoto magoou-se, sacana do garoto que não tem tino". Imaginei a oficina na rua paralela à estação dos comboios, com a porta aberta. Imaginei estes cenários a vida inteira, como se lesse um livro sobre as aventuras dos outros.

A memória que mantenho da vida do papá antes de eu nascer é uma construção com base nos relatos que fui escutando. Não conhecia as Caldas da Rainha, mas a sua descrição. Imagino o papá descalço sobre as ruas geladas da cidade. Andou descalço? Foi a minha imaginação ou alusão da mamã? As ruas que imagino e que correspondem à traça que encontrei quando cheguei, em 1975, são produto da reconstituição que a descrição do papá me permitiu, ou todo esse imaginário foi reelaborado quando conheci os espaços reais?

O papá a fugir à escola e ao professor mau. O papá numa fotografia da escola, com outras crianças e o professor em pé, ao meio. Impossível! Não tenho fotos do papá na escola.

O papá a contar que tinha sido colega do Mário Soares.

"Outro Mário Soares?", perguntava eu.

Afiançava que não. "O cabrão da política."

Nunca acreditei.

O papá a roubar fruta do outro lado da linha do comboio. Vejo uma cerca. Houve ali alguma cerca?

O papá a mentir à avó Maria Josefa no espaço exíguo da casa dos pombos.

O papá a rondar mulheres casadas pelos esconsos da noite. As casas das mulheres casadas. Há um primeiro andar com lareira e uma panela ao fogão no caminho entre a estação e a estrada para a Foz do Arelho. Há outra casa de rés do chão perto dos Arneiros. Vejo-as a chamá-lo na noite que se inicia. Espera o sinal com o cigarro entre os dedos, bonito, cheio de força e vício, mas sem esperança de vida própria, com casa, mulher e crianças. E essas mulheres maduras, com filhos acabados de pôr a dormir, nem bonitas nem feias, mas desejosas. Um ror de histórias clandestinas, sobre os ninhos que na minha imaginação aqueceu e abandonou sem explicação nem dó.

O papá a oferecer-se à mamã, no café da prima pequeno-burguesa, "a menina saiba que ainda havemos de casar, e prometo comprar-lhe uma mobília toda em madeira de caixote". E a mamã a virar-lhe a cara, desprezando-o, "uma mobília em madeira de caixote?!, o malandro, o pobretana, ó Maria Amélia, quem é o atrevidote que aparece no café?".

Todos estes lugares que nunca vi e existem na minha mente com cenários compostos, luzes, som, ação, e o rosto moreno bronzeado do homem que amei, gozando a vida de sorriso aberto, sem um tostão no bolso.

O passado do papá é um misterioso livro muito fechado.

Quando abandonei o quarto onde se encontrava o seu corpo fui com a certeza de que dentro da sua carne já ele não estava. Não chorei. Tapei-lhe o rosto e saí. A minha segunda vida terminava com o seu desaparecimento, porque o papá é parte do meu corpo e só poderá extinguir-se quando o meu acabar.

A mamã permanecia em casa e não precisava das minhas confirmações. Sempre foi pessimista e já telefonava para a família anunciando o passamento.

Foi o Leonel, com quem já não andava desde que rumei ao Alentejo, que me ajudou a tratar do velório e do funeral, a limpar a baba do cadáver que se liquefazia na casa mortuária à espera do enterro, no verão, a disfarçar o cheiro a morte que nem o perfume das coroas de flores conseguia já iludir, a amparar-me os vómitos causados pelo cheiro da carne putrefacta do meu pai.

"Não! Não vou morrer como ele!", garanti ao Leonel, que tinha viagem marcada para Colónia, onde ia procurar emprego, já que aqui não o arranjava. Tinha deixado a meio um curso de engenharia para o qual não tinha a menor vocação. Gostava de cinema, mas para outro curso precisava de dinheiro e tinha de o ir arranjar algures. Os pais tinham ficado desempregados, portanto não havia outro rumo: Alemanha. E a ideia de liberdade sabia-lhe bem, no meio da crise de identidade sexual que atravessava.

Após a morte do papá ocupei muitas vezes o seu lugar na cama que lhe pertencia, deitada ao lado da mamã, depois do almoço, falando uma com a outra, trocando ideias e conselhos. Como se eu fosse o papá. O colchão tinha a sua marca. O côncavo produzido pelo peso de um corpo acamado durante anos, criando escaras que não saram. Custava-me sentir o baixo-relevo. Chegava-me o mais que podia para o lado da mamã, porque não queria encaixar-me no buraco que tinha sido o seu corpo, como numa urna.

A mamã nunca se apercebeu da minha relutância. Era a sua cama. E tendo o papá desocupado o lado direito, parecia-lhe natural que o ocupasse eu, e que ali permanecesse deitada a seu lado, depois do almoço, pedindo conselhos e urdindo a teia da vida. Por vezes enganava-se e chamava-me "menino". Eu corrigia-a. "Menina."

Quando deixou de andar, a mamã ficou sentada no seu quarto. Retirei a mesa de cabeceira do papá e arrastei um dos sofás da sala de estar, que coloquei frente à televisão pequena, sobre a cómoda, de onde ela via os programas da manhã, tarde e noite, e também onde dormia, comia e rezava todas as tardes, por volta das cinco e até às seis, num ritual diário que lhe orientava a rotina da dor, sem falhas, 365 dias por ano. Rezava por mim, pela minha saúde, pelo meu trabalho e tudo o que eu desejasse e me fizesse feliz, e por ela e pela sua saúde, que já era escassa, e pelas vizinhas, pela família, pelos amigos, pelo meu pai, que tinha cometido muitos pecados, que era escusado nomear. Rezava a sua ladainha sussurrada, benzia-me com o crucifixo, fazia-me novenas incluindo o credo em Deus Pai, o Pai-Nosso, a Ave-Maria e pedidos ao santo padre Cruz. Fazia promessas em meu nome que me cabia ir a Fátima pagar em velas a queimar.

A mamã não tinha o hábito de me abraçar ou beijar. Uns beijos à despedida ou à chegada de viagem. Não sabia cometer esses gestos. Tinha orgulho em mim, e os seus olhos brilhavam com o meu desembaraço, mas não me abraçava. A mamã tirou-me para fora de si e depois manteve-me dentro como conseguiu.

Gostaria que tivesse morrido no meu abraço, para lhe ensinar, por fim, o calor do corpo amado, mas fica para a próxima. Não se pode ter tudo de uma vez. Desta feita a mamã cuidou do meu cabelo, lavou-me, vestiu-me, calçou-me, alimentou-me, repreendeu-me e censurou-me por "engordar muito", por "estar cada vez mais gorda".

"É que se não emagreces acabas como o teu pai", avisava.

Continuo a fazer tudo para não acabar como o papá. Ninguém merece estar vivo e impedido de viver.

Os papás continuam sendo tudo para mim. Gosto de pensar que muito antes de morrer me atiraram para a vida sabendo que em mim estava a sua condenação e salvação. Os papás são a bengala das minhas horas.

O amor é o primeiro dos mistérios. E o último. E cada mulher segue a sua obsessão. Por esse motivo, uns anos antes dos últimos da vida da mamã, no início do primeiro verão após a morte do papá, fui à consulta de triagem, na Sociedade Portuguesa de Psicanálise, num sábado de manhã, pelas dez e trinta.

Quando o papá morreu dei em falar com ele estando sozinha, e havia necessidade de compreender que tipo de loucura era essa de que padecia, e qual seria o terapeuta mais indicado para o meu caso.

A triagem remeteu-me para a psicanalista do Campo de Santana, na qual passaria os cinco anos seguintes a matar o papá. Recebeu-me num final de tarde em que combinámos as condições da terapia. Sugeriu, à chegada, que me sentasse num cadeirão à sua frente, mas respondi que o meu corpo não cabia no espaço formado pelo assento, e que, se tal viesse a acontecer, nesse dia estaria curada. Sentei-me à justa, apertada, à medida da forma como passava pelos dias e pelos outros.

A psicanalista era uma mulher discreta, comedida, silenciosa, afável, mas mostrando pouco a ternura que eu sentia existir nela. Existiria? Nunca me falava de si. Não sei se era casada, se tinha filhos, nem onde morava ou tinha nascido. O nada não é a morte, o nada era a minha psicanalista do Campo de Santana.

A mamã não gostava que eu fosse à terapia. Dizia que gastava dinheiro para nada. Que o gastava era verdade.

"Deixa isso, menina. Economiza. Olha que o que nos salva são as economias, não a psicologia."

"Não entendes, mas é bom para mim." Não lhe contei que gastava uma renda de casa mensal para matar o papá, e falar sobre ela e o meu monstro indomesticado que não cabia em parte alguma, nem no cadeirão da psicanalista, e se agigantava sem controlo. Preferia que ela pensasse que tinha a ver com a loucura solitária de filha única, ou a raiva e a insatisfação ocasionadas pelo meu desamor absoluto, dentro, fora e à volta de mim, mesmo que não o pensasse com estas palavras. Que importa?! Não está tudo ligado?

A psicanalista abria-me a porta sorrindo de leve, muito calma e suave. Um bom dia ou boa tarde, conforme, e mais nada.

"Vamos começar?", dizia.

"Sim", e eu não parava.

A psicanalista tinha o hábito profissional de iniciar as suas afirmações com a parte final das minhas, ou destacando uma palavra ou expressão que eu tinha empregado.

"Gostava de lhe pedir que mudasse as sessões para a parte da tarde. Custa-me muito vir de manhã. Há bicha na ponte e já faço sacrifício para me levantar cedo todos os dias", declarava eu.

"Sacrifício", repetia a psicanalista do Campo de Santana.

Sentava-se num sofá reclinável, ergonómico, carregava no botão, e eu, já estendida no divã, escutava o mecanismo a levantar o extensor de pernas e a reclinar a cabeceira. Tapava os joelhos com uma mantinha. Eu nunca me tapava. Estava ali para me descobrir.

Deitava-me no divã de pele negra, tirava os óculos e chorava enquanto falava. As lágrimas escorriam pelas têmporas, molhavam-me os fios de cabelo sobre as orelhas e caíam no sofá. Não sei o que dizia. Tudo. Quando a terapia terminava, a psicanalista anunciava, "continuamos na próxima sessão", eu interrompia o discurso, erguia-me, e reparava que a superfície do divã ficava molhada dos dois lados da minha cabeça. Duas poçazinhas de lágrimas que, envergonhada, enxugava com lenços de papel, tal como limpava as que me molhavam os olhos, sem o desejar, enquanto equacionava a vida.

A psicanalista começou por me passar lencinhos brancos, depois colocou a caixa inteira disponível num banco ao lado do divã, para as desamadas que recebia poderem chorar à razão de um euro por minuto.

Não recordo o rosto da psicanalista do Campo de Santana, mas lembro-me bem do bairro, que admirei e frequentei longamente, e do teto falso do gabinete, em quadrados produzidos por lâminas intercetadas, em PVC branco baço. Esperava que não caíssem em cima de mim e não me estragassem mais. Estava ali para me consertar, com fé no xamanismo psicoterapêutico, mas sem saber como. Era só uma fé parecida com a da mamã.

Quando a sessão decorria ao final da tarde havia pouca luz, e eu preferia esse momento do dia, porque se iniciava a hora em que tudo se pode dizer sem medo ou pudor, e é possível recomeçar a existir. A luz da manhã, mesmo coada por cortinas, esgueira-se muito fina e intensa e fere-me os olhos como uma lâmina acabada de afiar.

"Quando é que largas a psicóloga e começas a poupar para fazer um pé de meia?", questionava a mamã sempre que me queixava de falta de pecúlio. Não gostava da ideia de eu ter uma analista, na qual, ironicamente, eu projetava tudo o que nela amava e temia.

Nesses anos antes de o papá morrer e de me ver obrigada a regressar do Alentejo, habitava um sótão em Grândola, no qual, na ausência do David, voltei a voar, como nos sonhos da infância. Gostava da casa. À noite, depois dos trabalhos que sempre trazia, sentava-me na cama, antes de adormecer, contemplava o cão rafeiro e malcheiroso a que dava abrigo, dormindo e roncando no sofá, sorria sozinha e pensava, "que momento tão bom e tão feliz. Se calhar é como dizia o senhor diretor, se calhar a felicidade é só isto". Não era mau de todo. E tinha voltado a conseguir voar. Deitava-me, adormecia e logo iniciava o mesmo voo da infância. Era tão fácil. Dobrava ligeiramente as pernas, agachava-me, o rabo quase a roçar o chão, e, elevando os braços e baixando-os, rapidamente, com muito vigor, o corpo ascendia sem peso. Quanto mais rápida e vigorosamente batesse os braços-asas, mais alto subia. O esforço inicial era o que contava. Assim que tivesse atingido a altitude de um prédio de três andares poderia espaçar o bater de braços e alçar-me lentamente até aos picos do mundo, voando sem limites. Pousava, voltava a elevar-me. E a cada noite o meu voo se tornava mais perfeito, menos exigente de esforço inicial.

Nessa altura da vida, nos anos finais do papá, tudo à minha volta era bastante opaco, exceto a luz do Alentejo e a vereda de roseiras de um lado, e oliveiras do outro, que atravessava a caminho da escola. Mas eu voava na casa do sótão, e o milagre compensava. Contentava-me. Nos dias piores, para me sentir viva, escrevia os meus cadernos.

O tempo foi passando sem que me apercebesse. Era adulta e tinha uma vida, nome que se dava àquilo em que me tinha tornado. Um dia telefonaram-me da Rádio Aventura para saberem por onde andava, o que era feito de mim e por que parara de escrever. Respondi que estava a viver. Quer dizer, ressalvei eu, achava que estava a viver.

Cozinha

À esquerda da entrada no apartamento, encostada ao quarto de solteira e igualmente virada para o Mar da Palha, nas traseiras. Estreita e comprida. Luminosa de manhã e fresca à tarde.

Na parede sobre a mesa a mamã pendurou o prato de louça da Secla pintado à mão, que lhe ofereceram como prenda de casamento, com um floral de papoilas entrelaçadas em espigas de trigo, na borda, e um moinho tradicional, a vermelho, com a vela cinzenta-clara, no fundo. A mamã sempre foi poupada, e o enxoval em louça da Secla e do Raul da Bernarda, para além da roupa de cama, mesa e atoalhados bordados de singelos miosótis azuis, que seguiu nos anos 50 para Moçambique, no porão do *Império*, devidamente acomodado em arcas de madeira reforçadas por cintas de metal, regressou quase intacto e acrescentado.

Ao centro da mesa de cozinha, redonda, em fórmica laminada, imitando madeira de carvalho, desadequada ao espaço estreito, colocou uma folha de couve da Bordallo Pinheiro. Serve como fruteira, repleta de marmelos da estação, maduros.

Este fim de semana está decidido que faremos marmelada e geleia.

As aulas da faculdade ainda não começaram e temos planos para rissóis de camarão, licores e compotas. Ocupamos os domingos à tarde, após a breve sesta que faz com o papá, altura em que não estou a namorar com o David, também entretido com a família.

A mamã faz de conta que não percebe que ando envolvida com um rapaz mais novo, como sempre fez por ignorar tudo o que lhe desagrada. O David acabou de fazer dezoito anos. É um miúdo. A mamã pensa que não passa de entusiasmo que acalento sem futuro. Há de passar-me com o tempo, confidencia à tia Maria da Luz, que depois me pergunta, quando me apanha sozinha, "mas que namorico é esse?".

Eu e a mamã temos os nossos momentos de paz e conversamos sobre todos os assuntos, exceto namorados. Antevejo demasiados interditos e não me confesso. Eu creio nas pessoas. Ela desconfia. Ela é sábia, mas eu julgo saber mais. Fui à escola, aprendi línguas, literatura e história. Sou deste tempo, e ela vive presa a superstições. Ela é paciente e firme; eu, arrebatada e arrogante.

"As pessoas mudaram muito desde o 25 de Abril. Agora é tudo diferente. Nunca mais voltaremos a esse tempo", garanto-lhe.

"Pois. Pois", responde.

Iniciamos a confeção de marmelada na tarde de setembro ainda quente. Entretém-me contando histórias do tempo em que era jovem, do que ouviu dos antepassados, ou do que viveu, sabendo que me deixo arrebatar pelo mistério da confluência de mundos e realidades. Fala-me sobre almas penadas que erram pelo nosso universo e se escondem da luz do dia pelos campos agrestes, nas matas de zambujeiro, nelas permanecendo enredadas, até à hora mágica do anoitecer, altura em que se libertam e passeiam pelo mundo dos vivos, enquanto os pássaros regressam aos ninhos. Narra-me histórias de fátuas esferas de luz prateada que amedrontam os passantes na noite, acompanhando-os por longos percursos, girando à sua volta como libelinhas do além e desaparecendo inexplicavelmente, tal como aparecem. Recorda episódios sobre encontros à meia-noite, nas portas dos cemitérios, com seres enigmáticos, incorpóreos, que esperam os homens e mulheres tardios, regressando do trabalho ou da taberna, a horas que não são de gente de carne. Seres que nos visitam e se revelam, dialogando com os vivos, fingindo que o são e desvanecendo-se quando lhes convém. No tempo antigo conheceu fenómenos relacionados com o desrespeito da Sexta-feira Santa, porque nesse dia sagrado não se trabalha. Não se lava a roupa nem se passa a ferro nem se cozinha, sob pena de o trabalho ser manchado pelo sangue que Cristo derramou. Afiança-me que é assim. Que sempre será. Que tenho de respeitar. E o meu tio do meio possuído pelo demónio, aos três anos, só controlado pela força de três homens, "e vê lá tu que eram precisos três homens para o segurarem, quando lhe davam os ataques!". Descreve-me o senhor Ramiro, velhote asilado, com poderes, e que em garota a mandavam ir buscá-lo ao Mosteiro de Alcobaça, para com as suas rezas controlar os males do meu tio e os do gado, morrinhento devido ao mau-olhado.

"Perderam-se as orações. Que pena! O senhor Ramiro morreu quando fui para África, e as rezas foram com ele. A tua avó não as guardou. Mas tu, sempre que te vires aflita, reza o Credo e a Oração de São Jorge, essas são as mais importantes, juntamente com o Pai-Nosso e a Ave-Maria. Mas também a Salve Rainha e a do Anjo da Guarda. Anda sempre com elas. Tenho de te ensinar a Oração a Santa Bárbara e o Responso de Santo António. Olha que dão muito resultado. Tenho muita experiência com elas. E as orações mais importantes do Santo padre Pio, do padre Cruz e do dr. Sousa Martins, para todo o tipo de pedidos. São milagrosas. Eles ouvem-nos lá onde Deus os guarda. Tenho ali rezas antigas numas folhas tão velhinhas... Fazias-me um grande favor se mas passasses à máquina com letras maiúsculas, que vejo tão mal. Passas?!"

"Passo."

Passar as orações da mamã é entrar em comunhão com o seu mundo. É rezar como ela, já que não admito rezar consigo nem alimento a conversa católica eivada de magia popular. Acreditando, faço de conta que duvido. Refreio-a para não me pedir demais. Corrijo os erros ortográficos, sintáticos e semânticos das folhas com orações manuscritas, manchadas, puídas, que alguém manuscreveu e lhe ofereceu, temendo que as minhas correções possam alterar a fórmula sagrada que as compõe.

E creio em silêncio. Em tudo. Em Deus Pai Todo Poderoso e no seu único Filho, na Virgem Maria, nos anjos e santos, na remissão dos pecados e na Vida Eterna; nos ninhos de andorinhas repovoados na primavera, na desova dos peixes que galgam o rio, no canto incógnito das baleias, na cópula cega dos cães vadios. E também na flor hipnótica das acácias, no pólen das margaridas, no odor vespertino do alecrim e do rosmaninho; no negrume bravio dos arbustos e dos pinheiros cerrados, onde se acoitam os antigos espíritos errantes; nos quatro pontos cardeais, nos quatro elementos terrenos, na inumerável clarividência divina da física e da química e dos ansiolíticos. E acima da mentira mundana, e da malevolência gratuita, creio no amor. É a minha religião.

A marmelada vai-se fazendo ao longo da nossa conversa.

Peço-lhe que me costure uns calções em verde-claro. Bem curtos. Estão na moda.

"Não pode ser. Não te ficam bem. Tens as pernas gordas. Muito curtos sobem-te no interior das coxas, conforme fores caminhando. Tens de emagrecer. Tens de beber um copo de água morna com sumo de limão todas as manhãs, em jejum. E fechar a boca aos farináceos, açúcares e gorduras. Tens de perder uns quilos, senão ficas como o teu pai. Tu sais ao lençol de cima e o peso dá cabo de ti, menina."

Discutimos o tamanho da perna do calção. Quero mostrar as pernas bronzeadas o mais possível, como as outras. Quero sentir-me desejada. Não lhe revelo, mas ela sabe. Está implícito.

Gosto das tardes de cozinha com a mamã. E aos domingos em família seguem-se os restantes dias, todos úteis e favoráveis ao meu amor pelo David. Encontramo-nos vespertinamente, na Cruz de Pau, Amora, Cacilhas ou na Costa da Caparica, dependendo da abrangência do passe que adquiriu. Eu trabalho, portanto é como se fosse rica. Tenho o passe L123 e os movimentos livres.

Na Costa da Caparica, no outono ou no inverno, conseguimos fugir aos olhares. Deambulamos pelos locais mais desertos das praias afastadas do centro. Sente-se frio, e a atmosfera, carregada de humidade salgada, cheira a mar batido. Estamos rodeados pela intrepidez selvagem, mas imunes a ela, entretidos com beijos e mãos sob as camisolas. O desejo de estar juntos suplanta a necessidade de conforto. Enregelamos na areia da praia. Esfregamos as mãos e os braços um do outro.

"Sentes o meu calor?", pergunta.

"Sinto." Estou completa por estarmos juntos, mas incompleta por não ser ainda a vida inteira.

Em Cacilhas bate um vento cortante. Os cacilheiros despejam no cais e no terminal de autocarros gente engolida pela jornada de trabalho e ansiosa por chegar a casa. Aninhamo-nos num canto da estação, enrolados na confusão e afogados no calor dos nossos peitos. Recolhemo-nos da chuva na pastelaria antiga, à saída da estação, mal composta com meia dúzia de mesas encostadas às janelas baças, e pedra mármore de veios cinzentos até meia parede, como nas tabernas. No balcão, um prato com meia dúzia de ovos cozidos, pousados sobre sal grosso, espera os homens que vêm do trabalho e bebem o último copo de vinho.

Sentamo-nos. Olhamo-nos. Pedimos galões e um mil-folhas para partilhar.

Na Cruz de Pau refugiamo-nos das bátegas de água num *snack bar* de terceira categoria, à beira da estrada nacional. Entramos para secar a roupa do corpo e descansar do frio. Ele pede um café. Traz duas ou três moedas, não mais.

Namoramos debaixo das varandas ou dos telheiros das lojas, se chove. Nos vãos dos prédios. Descemos até à Amora. Sentamo-nos nos bancos dos jardins ou em degraus. Depende do estado do tempo. Nunca falhamos, mesmo que haja temporal. Somos amantes no espaço público e viandantes do amor.

Conversamos sobre poesia e política. A poesia é consensual, a política não. Álvaro Cunhal acabou de pedir aos comunistas que fechassem os olhos e votassem em Mário Soares na segunda volta das eleições para a presidência da República. Discutimos a queda do comunismo, que o David não admite. O Muro de Berlim ainda não foi derrubado, e não sabemos se cairá nem como ou quando, mas vou defendendo que o marxismo-leninismo não vingou saudável, e que a prova está à vista, porque na URSS vigora um regime tão autoritário como o de qualquer país fascista. Asseguro-lhe que a luta de classes não terminou, que a sua hierarquia e desigualdade de oportunidades singram, no bloco soviético como no Ocidente. Insurge-se contra a minha opinião, remetendo a responsabilidade do insucesso para a perniciosa ambição humana individualista e a desinstrução das classes relativamente ao ideal comunitário. A sacola retangular de carneira escura, gasta, que usa a tiracolo, onde fixou os autocolantes do antifascismo, o símbolo antinuclear do "Energia Nuclear? Não Obrigada", a foice e o martelo sobre o fundo vermelho da bandeira do PC, o logótipo da Aliança Povo Unido e a efígie a negro sobre vermelho do Che, com a insígnia *hasta la victoria siempre*, está pendurada nas costas da sua cadeira. Veste o blusão de ganga de sempre, curto demais para o seu tamanho, e calças do mesmo material, afuniladas, ruças. A roupa é sempre a mesma. Roda as *t-shirts*. Os ténis brancos encardidos, cheios de pó.

Considero-o muito radical de esquerda, e ele vê-me bastante contaminada pela direita.

"Mas numa coisa tens razão: as pessoas estragam os ideais. Descumprem-nos", concedo.

"Esse verbo não existe", responde, provocando.
"Não te preocupes. O que não existe invento."

Um dia eu e o David deixaremos de discutir política. Tudo entrará nos eixos. Havemos de amar-nos como nos romances e nos filmes. Fantasio que quando tiver os meus filhos com ele, hei de fazer-lhes as compotas e delícias gastronómicas aprendidas com a mamã. Hei de contar-lhes as histórias mágicas que me são transmitidas, tal como as recebo ou acrescentando terror. Hei de assar peixe no forno com batatinhas, lavado com vinagre e temperado com sal e pimentão vermelho, coberto de salsa e rodelas de cebola, à antiga, como o da mamã. E fritarei camarões com molho de limão e piripiri. E cozinharei caril de galinha, com pó comprado nos indianos do Martim Moniz, que não é igual ao que adquiríamos em Lourenço Marques, mas desenrasca.

Lá a mamã comprava-o, em sacos de papel, no bazar, a um monhé com banca na zona umbrosa e colorida, cheia de odores e idiomas, um pequeno *souk* improvisado com lonas coando a luz fresca.

O monhé compõe a banca de sacas de pano cheias de pós, ervas, sementes ou raízes, transformando-a uma manta de brancos, amarelos, laranjas, vermelhos, castanhos de vários tons. E verdes e negros. A mamã para em frente e pede "trezentas de caril", austeramente. O senhor Abdul, tagarela, tenta vender-lhe meio quilo, iniciando a alquimia das especiarias. Apresenta, no final, um cone de papel pardo cheio de caril, e a conta é habitualmente regateada. "Faça-me uma atenção. Sou sua cliente há muito tempo." Sobre a poeira turva levantada pelos movimentos mercantis, resta o odor intenso dos pós manuseados. A mamã não se perde nestes lugares orientais, porque uma senhora branca caminha sempre com o fito honesto próprio da sua cultura, e a mamã, sendo cordial e correta, não se presta a confianças.

A vida em Lourenço Marques começa muito cedo. O papá está na rua antes das sete da manhã e nós saímos a seguir. Às nove já fizemos as compras no bazar e subimos calmamente a avenida D. Luís, em direção ao Alto Maé, com o saco de caril na cesta de palha, entre os nabos e as cebolas, a mamã segurando-me pela mão, palrando, o teu avô isto e a tua avó aquilo, passando ao lado da catedral branquíssima do meu batismo, rasgando devagar a frescura clara e limpa da manhã amena. A mamã é ouro.

Abro e fecho, a cada momento, as portas do passado onde habito com os papás o laço de ferro incorruptível que nos estreita e aglutina, e sei que a vida inteira continua insuficiente para o amor.

Para tão grande amor tão curta a vida! Quando os papás vão à terra, eu e o David ficamos com espaço para servir a nossa união. Combinamos sair mais cedo da faculdade e corremos para casa.

Desta vez ele atrasou-se no pátio, à saída do refeitório, conversando com colegas, porque é um distraído e um irresponsável. Um garoto, em boa verdade. Esperei-o pacientemente, sem pressões, mas furiosa pela falta de atenção. Vim no autocarro sem lhe dirigir uma palavra, danada, porque queria aproveitar as horas da tarde para nos enrolarmos, abraçados, beliscando-nos, rindo, fazendo amor sem pressa, brincando pelo meio, fazendo cócegas nos pés, mordendo as orelhas.

Chegamos à Cova da Piedade já tarde. Ao descermos do autocarro, vendo-o molengar, subindo displicente a rua paralela às Barrocas, rebento. "Não queres fazer amor comigo? Não gostas de fazer amor comigo? Gastas o tempo em Lisboa sabendo que esta é a única tarde em que podemos estar juntos? Que tempo teremos agora para nós? Esperei isto durante semanas. É-te indiferente? Não pensas? Tu não deves pensar lá muito, pois não?"

Amua. Considera que exagero, como sempre. Chateia-se comigo. Não compreendo. Sou exigente e agressiva. Não tenho em paciência o que me abunda em autoritarismo. Sou fresca. E não estou na onda.

A verdade, eu sei-a, sobrevoa a minha consciência mas não a enuncio. Evito-a. Não me convém. Sendo uma jovem mulher, tenho já planos, ideias do que quero para a vida. Por um lado quero o garoto que anda atrás do meu formidável cio, por outro compreendo que não sou a namorada certa para a epifania masculina que se inicia pela via do meu corpo. Isto eu sei, esforçando-me por ignorá-lo. Pode ser que tudo se componha e acabe bem.

O atraso acabou por não ser zanga suficiente para evitar que tivéssemos fodido à pressa antes de os papás chegarem. Foder era o pãozinho para a boca.

Comecei por não me agradar do David. Agradava-me a sua substância, inteligência e frescura, e admirava-o poeticamente, mas era apenas um miúdo. Não correspondia a qualquer ideia romântica que tivesse alimentado sobre um futuro namorado. Cativou-me sem uma razão. Não sentia nada, e de um dia para o outro passei a sentir. Comecei a ter ideias. Vontade de lhe beijar os lábios carnudos. Não saberia dizer se foi isto ou aquilo. Talvez a forma como me leu um poema, ou uma frase, uma palavra que me tenha dito. O seu idealismo, provavelmente. Houve um momento em que me comoveu e passei a gostar. É tudo o que sei. Agora sofro a falta da sua boca, do cheiro ácido do seu pescoço, da barriga, do sexo escuro, quente, apertado nas cuecas, que lhe desarrumo.

Mas agora o David está com os pais na sua casinha na Arrentela e a mamã pediu-me que descascasse os marmelos. Avisou que deixavam as mãos negras. A mamã está sempre a esquecer-se de que aprendi a fazer marmelada em Alcobaça, em 1976, quando saí da casa da avó Josefa, nas Caldas, em direção à da prima Fá. Esquece que, como ela, resisti à vida durante a década em que estivemos separadas e, à distância e só, me fui partindo e consertando.

Fui para casa da prima Fá porque a Alzheimer da avó galgava e ela começara a compor histórias que manchavam a minha honra adolescente, transmitindo-as ao papá. Eram os seus delírios. Na sua versão, eu mantinha uma conduta nefasta. Fumava e andava atiçada com os rapazes.

Dava-me com a Malu, vizinha do lado, mais velha, mal falada, que se tinha entregado ao namorado, perdido a virgindade e emprenhado, dizia o povo na rua. O interessado, naturalmente, abandonara-a, após obtenção do usufruto, tendo assim comprovado que a Malu, ao ceder, era imprópria para esposa e mãe dos seus filhos. Uma mulher com tino tinha orelhas moucas, suportava as investidas e guardava-se. Era o que se esperava. Mas a Malu já lera livros e começava a ter umas luzes sobre a emancipação feminina que a confundiam e fintavam, porque o mundo no qual habitava permanecia na escuridão.

Era uma morena triste, de olhos escuros, vivos, e lábios grossos, com volumoso cabelo castanho ondulado, cortado pelo ombro, que enrolava para fora. Baixa, de pescoço curto. Vestia camisolas escuras de gola alta, que não a favoreciam. Era a beleza portuguesa serena e modesta.

Cheguei de África inocente. Nada sabia do seu passado nem fama, e, por isso, ela procurava-me para passear e conversar. As más-línguas só começaram a chegar-me aos ouvidos depois de se tornar corrente que éramos amigas. A avó Josefa deu-me a saber que a Malu fizera um desmancho após ter sido largada pelo namorado. Uma vergonha para ela e para o bairro.

Num domingo em que nos encontrávamos sozinhas na sua casa, a ver um filme na televisão, aparelho que na nossa rua só ela tinha, porque o pai negociava com azeite e havia dinheiros, a Malu abordou os rumores, num breve desabafo magoado. Falou-me na malevolência das pessoas, no interesse gratuito pela vida dos outros. Sabia que era mal falada. Não confirmou o desmancho.

Ali estava uma rapariga atravessada por mentalidades contrárias, usada e rejeitada, na qual ninguém pegava, vivendo com os pais, sem grandes estudos nem profissão, educada para o casamento, mas estragada para ele, embora se fosse mostrando à janela, a quem passava. O seu sonho era sair da casa paterna, do bairro e da viciosa perseguição pela má fama e pelo boato. Que futuro seria o seu? Casar-se com o próximo gabiru que lhe fizesse a corte e os pais aprovassem. Aproveitador, intrujão, larápio, que interessava, desde que lhe garantisse sumiço ao opressor ambiente da rua. O que fazer às Malus que, não pertencendo já ao tempo das mães, não arranjavam lugar no tempo das filhas? Diziam que não podia ser boa influência para uma menina como eu. Uma menina como eu era um ideal aparentado com o que se esperava que a Malu tivesse sido?

Quando fiquei misteriosamente doente, em casa da avó Josefa, e não me levantei durante uma semana, o meu cabelo empastou-se completamente. Não se chamou o médico. A avó não tinha casa em condições para receber doutores. Adoeci e recuperei porque o corpo tem os seus remédios. Não me lembro do que se passou pelo meio desses dias em que julgo ter morrido, em que regressei de uma qualquer morte, esfomeada, sedenta, descomposta, com os finíssimos cabelos embaraçados como fios de desperdício da oficina, já oleoso.

Foi a Malu quem me desembaraçou o cabelo, com boa vontade e paciência, ao longo de uma tarde, com mil cuidados e creme Brylcreem, para o pente deslizar no emaranhado de fios. Cuidou de mim como uma mãe.

O papá não aceitou as histórias da avó Josefa. Foi justo. Arranjou-me guia de marcha para novo paradeiro: a prima Fá. Quando saí das Caldas a caminho de Alcobaça cheguei no tempo dos marmelos.

A prima Fá penteia-me os cabelos, como a Malu, sentada na sua sala, ao sábado à noite, antes do baile onde as raparigas da minha idade vão arranjar namorado. "São tão brilhantes e finos!", exclama. Sinto-me bem-amada, mas nesse tempo já sei que não sou uma rapariga que se ame, mas um trambolho acima do peso. A roupa deixa de me servir de mês para mês e não tenho dinheiro para outra. O corpo não para de crescer. As mamas não cabem no sutiã. Sobram apertadas no peito e junto às axilas. Pesam. Preciso de outro, mas não tenho como o adquirir. A anca, o rabo e as coxas alargam. As cuecas demasiado pequenas apertam-me as virilhas, deixando marcas fundas, arroxeadas. Tenho o corpo destravado e cheio de fome. A roupa que trouxe de Moçambique torna-se pequena ou não é adequada para o clima nem para o ambiente social. Vestir-me torna-se uma dificuldade maior. Um drama diário. Como disfarçar a carne que sai de mim por todo o lado? Como esconder o corpo?

A minha prima, pelo contrário, nos vintes acabados de cumprir, mãe de um bebé, mostra a cinturinha fina, a pele branca e macia, as faces rosadas, os cabelos castanho-clarinhos, impecavelmente penteados, cortados pelos ombros como os da Malu, mas enrolados para dentro.

É na quinta da prima Fá que, pela primeira vez, vejo figos brancos e pretos, silvas carregadas de amoras, uvas gordas penduradas nas videiras e marmelos pendendo dos arbustos, por todo o lado, separando propriedades. Que novidade! Isto sim, é para mim fruta exótica! Os marmelos são tão vulgares que perdem o valor. Amarelos e duros, não se podem comer crus sem deixar a boca grossa. A primeira vez que os mordo cuspo a sua carne. Caem do arbusto e apodrecem sem aproveitamento. Eu e a prima, pelo final da tarde, passamos a colhê-los pelos carreiros, acumulando-os em baldes de zinco.

Fazemos marmelada para toda a família e vizinhos, com água e açúcar, noite dentro, enquanto ouvimos músicas românticas no *Quando o Telefone Toca*, sentadas na mesa da cozinha coberta com uma toalha de oleado estampado de ramagens multicolores. Os vizinhos fazem igualmente as suas panelas de marmelada, da qual também nos oferecem, num festival de doce que é devidamente saboreado e do qual se elege o melhor do ano.

Enquanto descascamos os marmelos e os partimos com dificuldade, ficando com as mãos negras, tal como a mamã acabou de avisar, uma década depois, calamo-nos para ouvir melhor a canção de Roberto Carlos que adoramos: "Índia da pele morena, sua boca pequena eu quero beijar". Despachamo-nos. O fruto descascado oxida se não for colocado na panela e fervido de imediato. Cozemo-lo durante muito tempo, até se tornar uma papa mole, cor de tijolo, que vai engrossando, abrindo lentas bolhas que espirram contra as mãos e pulsos e nos queimam a pele. A marmelada tem sabor ao outono que aí vem. Fresca, barramo-la no pão como manteiga, mas após repousar semanas corta-se às fatias, como queijo, e come-se com ou sem pão, saboreando-se de olhos fechados.

A prima Fá vai-me dizendo, "para de comer, Luísa, que só engordas". E eu paro, para logo recomeçar, às escondidas. A marmelada consola a fome que me assola. Poderia dormir num colchão de marmelada, enfiar-me num poço dela até a vida melhorar e valer a pena acordarem-me da fome insaciável.

Os marmelos são tesouros à espera de ser descobertos. Estão por todo o lado, os pobres nascidos, ninguém os olha, colhe, carrega. Dão trabalho a confecionar. Contudo, se escutarmos a sua voz doce, se os abrirmos ao meio e prepararmos, perceberemos ter no regaço o néctar, o fruto de Deus.

O pão mantém-me viva. Mata-me a fome. De manhã desço para a escola roendo carcaças da véspera com grossas fatias de marmelada. O meu corpo precisa do sabor forte do doce, embolado na boca com a farinha, enchendo a barriga. Caminho uma grande distância pelo campo. Há papoilas e ervas que nunca encontrei no lugar de onde vim. Paro no carreiro para contemplar o chão colorido, na primavera, e a erva coberta por uma capa de geada, no inverno. Limpo as folhas do gelo acumulado durante a noite e a madrugada com a ponta dos dedos. Que frio tão rijo! Como sobrevive a natureza a tanta violência?

Ao almoço evito o refeitório de onde vem cheiro de comida verdadeira. Compro sandes com doce de tomate, no bar, mastigo-as vorazmente, e guardo as moedas sobrantes para adquirir os selos de correio com que posso escrever aos papás, familiares e amigos, ligando-me à parte amputada de mim.

Digo que a minha fome desse tempo nasceu no estômago, no centro de mim, mas nunca saberei ao certo de onde veio. Comprimia-o, pontapeava-o. Era uma dor que não matava, tal como a saudade de alguém que nos morre. Engolia os alimentos depressa e sem os mastigar. Sentia-lhes o delicioso paladar rápido, e o torrão sólido caía no estômago começando a enchê-lo como a um saco de batatas, tubérculo a tubérculo. O monstro da fome é um grande amigo quando está saciado. Sinto-me consolada. Se não, vai-me espetando no estômago o seu ferrão, para que não me esqueça. Não esqueço. Acalma-te, fome, eis as tuas oferendas! Pão com marmelada. Pão com manteiga. Pão com chouriço. Teria preferido sentir fome nos pulmões para saciá-los com grandes golfadas de ar. Ou no coração, para correr e acelerar a pulsação. Calhou-me o monstro multicéfalo da fome no interior do estômago, ligado ao cérebro. É como se tivesse cogumelos a crescer no interior escuro e húmido do meu corpo. Esporos de fome semeados pela criação. Se tivesse sido logo o que vim cá ser, viveria em paz com o monstro e dormiria com ele, como com um cão. Medito. Remoo. Maldigo. Eu ainda não sou o que vim cá ser. E o que é isso que me espera?

Nas tardes de domingo em que fazíamos marmelada e a mamã me contava histórias, nos anos 80, não falei sobre o tempo em que estivemos afastadas e fiquei a cargo da avó Josefa, da prima Fá e dos restantes familiares. Lembro-lhe os campos de papoilas, os marmelos, e chega. A mamã tinha estado longe, e sobre marmelada eu já tinha aprendido quase tudo o que havia a saber.

Eu e a mamã despachamos os afazeres da cozinha pelo final da tarde. Despejamos o doce nas tigelas onde vão atravessar o outono, secando para ser consumido e distribuído por amigos e vizinhos. O papá chega da rua, prova e gosta. Gosta sempre. E elogia. Somos o melhor que ele tem. Somos a sua tatuagem.

Traz frango e meio com molho de piripiri. "Eles dizem que é à cafreal, como se tivessem ideia do que é um frango à cafreal", troça.

Passou na churrascaria do senhor António, onde se sentou cerca de uma hora, debitando gabarolices sobre mulheres, censuras ao governo, cortes na casaca do traiçoeiro Mário Soares, tudo o que veio à conversa; coscuvilhice e risota, nas quais é mestre, e aproveitou para trazer frango para o jantar. Subiu as Barrocas com ele na mão, quente, embrulhado em papel vegetal e enfiado num saco de plástico, exalando o odor do molho-segredo do senhor António.

"Estou com uma larica!", diz à chegada. Eu e a mamã rimos, felizes com a sua presença e a expectativa do jantar sem trabalho. Pomos a mesa. Preparamos rapidamente uma taça de salada de alface com tomate e pepino e fritamos batatas em palitos. Venha o franguinho "à cafreal"!

Neste momento exato estou esquecida de que detesto os papás, que não os quero de volta, que bem podiam ter ficado por Moçambique, deixando-me crescida e só, e sopra a aragem indecifrável da harmonia familiar, da casa dentro da casa. Gémeos triplos monoplacentários. Três num único organismo.

Sentamo-nos à mesa da cozinha, porque a da sala de jantar não se usa a não ser em dias de festa e visitas. Começo, civilizadamente, usando os talheres, mas o papá lembra-me, "com garfo e faca não dá. O frango à cafreal come-se com as mãos. Nem há outra forma".

E o frango segue à mão, como sempre, hábito adquirido lá no lugar de onde vim, onde o bafo da esperança abria no futuro uma paisagem a perder de vista, um horizonte que não acabava, como na Argentina, onde nunca estive, mas, dizem, se fica louco de planura. Eu não ficarei louca. Pessoas como eu não se dão a luxos que tais.

Jantamos o franguinho picante. Saciamos o apetite conversando animados sobre a minha nova entrada para a faculdade, as oportunidades de emprego, as férias e a necessidade de emagrecer, enquanto gozamos o prazer da barriga cheia até ao torpor.

No colégio, para onde tive guia de remessa como interna, em 78, quando a prima Fá se cansou de mim, o prato favorito é frango assado no forno, mas sem piripiri. É o habitual almoço de domingo. Frango assado com batatas fritas ou puré, acompanhado de salada de alface e tomate.

A Mizé publicitou que se for puré o vai atirar à parede, e há de colar à primeira, de certeza, sem cair. Queixam-se de que o puré é um betume.

No colégio todas as raparigas reclamam da comida. Eu não tenho reclamações. Tenho fome. Tudo me sabe bem.

Às dez da matina, hora da missa, já todas sabemos que existirá fita à hora de almoço, e o ambiente ferve de entusiasmo. A Mizé, cuja rebeldia a chefe de mesa não consegue controlar, quer atirar o barro à parede.

Não compreendo a maneira de ser das minhas colegas. O vandalismo a que são propensas e o desrespeito por tudo o que deve merecê-lo. Há um valor e uma dignidade nas ações e nos objetos. Por que não leem um livro, não escrevem cartas, não fazem os trabalhos de casa, não dão explicações de inglês umas às outras, com reguadas a sério, como faço à Teresa, que passou de dois para cinco?! A Tony não sai do três, e de raspão, mas a Tony não apanha reguadas, porque não é uma menina doce nem humilde, como a Teresinha, submetida ao meu poder discricionário na sala das roupas. À Tony, apanhar, havia de lhe fazer baixar a crista.

"*To be, has... Has* quê, Maria Teresa? Quantas vezes já cantámos isto? E o *to do*? *To do, did...* Vá, vamos lá. E o *to drink*? Levas uma reguada por cada forma verbal errada." E assim me aplico no exercício da futura profissão.

Enfileiramos para almoçar no meio do burburinho nervoso que as prefeitas não compreendem e comentam com aspereza. Estamos sempre com o diabo no corpo, afirmam, e tomar conta de nós é um calvário. A carapuça não me serve. O meu diabo está controlado, exceto o da fome. E sei ouvir e permanecer calada, como se estivesse na formatura da recruta. Estou aqui de passagem, é para seguir em frente, sou de ferro e ninguém me dobra. Em silêncio, sou sempre eu e o que em mim se compõe e apruma.

Seguimos para o almoço, desejosas de que sirvam a canja e a retirem, e que venham as empregadas da cozinha, de avental branco, com grandes travessas de puré e as colheres de metal com que o raspam e depositam nos pratos, como se atirassem cimento a uma parede por rebocar. A Mizé tem a sua razão.

E a seguir as travessas do franguinho. "Vamos lá ver, meninas, peito ou perna?" Pode ser perna, se faz favor. Somos setenta e cinco e queremos setenta e cinco pernas tostadas. Uma plantação de pernas de galinha com bastante molho, nada de peitos secos nem asas nem pescoços com costelas, que podem ficar para a repetição das que necessitarem. Para mim pode ser o que vier à colher, tanto faz, e as empregadas sabem. Peito, pescoço, costas, asa. Tenho boa boca, não reclamo. Sou um exemplo para as meninas do colégio.

Para a Tony, sempre pernas, das quais desdenha, apesar de tudo, sobrevivendo com dificuldade à perda da coroa. No Mussulo era lagosta grelhada no carvão, gosta de recordar, fazendo caretas para a comida que lhe depositam no prato.

Assisto ao espetáculo dos almoços e jantares, conjeturando em que palácio foi aquela gente criada. Muito finas, sim senhoras! Se fossem filhas da minha mãe... Falta-lhes isso: serem as filhas da minha mãe, e alcançariam um vislumbre do que é sobreviver!

A Tony desabafa, "a comida é uma porcaria, não é?".

"É." E mudo de assunto. Quero lá saber o que pensam sobre a comida. Quero comer.

Na sala de refeições as empregadas da cozinha surgem de novo com a travessa da salada. "Vamos lá comer umas folhinhas." Ninguém quer verdes. A mim tudo me cai bem. Alface, tomate, pepino, cebola. Venha.

A Mizé ainda não ousou, mas não deve faltar muito. O acontecimento prepara-se. Ouvem-se risadas na sala. A miudagem é rebelde.

E as empregadas aparecem de novo, saídas da cozinha com os tabuleiros da repetição, e claro que já não há pernas e seguem-se reclamações sonoras, a falta de educação das raparigas, a paciência das empregadas. Puré sobrou muito, é o que queiramos. E é por essa altura que a zona mais recuada da sala rebenta em gargalhadas. A Mizé realiza o prometido. As meninas da minha mesa, e as restantes, levantam-se e correm para observar o circo. Só as chefes permanecem sentadas, nos seus postos, desviadas do ambiente geral por dever. Algumas não resistem a presenciar a cena e esticam o pescoço, espreitam como podem, mas eu não venero mal-educadas atirando comida à parede.

A prefeita de serviço ao refeitório chama a senhora diretora, enquanto o barulho progride e as empregadas param de servir. A diretora interrompe o seu almoço, em princípio igual ao nosso, sai dos aposentos e entra na sala, de rompante, alta, direita, severa, atravessando a cozinha com passos masculinos. Silêncio. Quando a senhora diretora aparece há solenidade. Fala gravemente. Ralha especificamente com a Mizé, projetando a voz, mas a mensagem serve para todas.

"Tenham vergonha na cara. Enquanto vocês desdenham o que vos põem no prato, muitos morrem de fome", declara.

Ordena que a Mizé e a sua chefe de mesa se desloquem ao escritório, no final do almoço. Vai haver penalização. Vão ficar na sala de castigo, vazia e escura, só com mesa e cadeira, todas as horas do dia em que não estiverem no estudo ou nas aulas. Que tolas raparigas! Vale a pena a brincadeira? Não se incomodam por dar o desgosto aos pais? Eu não suportaria o peso da deceção que sobre mim recairia. Quem, no seu perfeito juízo, oferece o corpo ao castigo só para ser engraçada, beneficiando de três minutos de vã glória?

Eu, escutando impassível o ralhete da senhora diretora. Eu, sempre em ordem. Bata impecável. Lavada e penteada. Eu, sentada na minha mesa como me compete. Estudiosa. Trabalhadora. Nada a apontar. Eu, não querendo chamar a atenção de ninguém.

Deixem-me só comer em paz. O puré é delicioso. A meu ver não se brinca com comida. Não se é mal-educado. Não se responde aos mais velhos. Diz-se "se faz favor" e "obrigada". Quem tenha consciência aprende a sobreviver aos anos difíceis resistindo em silêncio e resignação, quando nada mais é possível. Diz-se que sim. Faz-se de conta que não se percebe. Passa-se sem se ser visto. E depois se vê o que está para vir.

Observo-as do meu trono. Os meus olhos não o revelam, julgo. Pareço conformada?! Estas tolas, na guerra, seriam as primeiras vítimas.

Eu e o David entrámos para a faculdade seis meses exatos após o acidente nuclear de Chernobil e desde essa altura ele mudou. Foi a filosofia ou a nuvem radioativa que atingiu a sua extrema sensibilidade de filho único e poeta? Uns tempos depois começa a ter crises sobre nós. Gosta, mas admite e mostra, com ou sem discurso, que não lhe dou jeito. Sou chata. Reivindico. Exijo. Quero amor com morada certa, certezas e respostas. Não pode dar-mas. Não esconde que sonha com diversas experiências sensuais, o inter-rail, namoradas aqui e acolá. Mais aventuras, mais vida. Eu ser a sua primeira e única mulher parece-lhe pouco. Arrumar as botas aos dezoito?!

Fez uma aposta a dinheiro com os colegas de curso: conquistar uma das caloiras que os outros consideram gira. Tem contra si a insegurança física e emocional; gostaria de ser mais alto e mais forte; o cabelo começa a cair-lhe; e, lá dentro, ecoam os conselhos varonis na voz do venerado pai, sobre honestidade, honra, firmeza, contrariedade e austeridade. A instrução adequada para quem necessita de possuir meios com que se levante do chão e mantenha erguido, sem riscos de maior. A responsabilidade pesa muito. O pai aprovará? A seu favor tem a fama de melhor aluno, e as caloiras dão atenção aos pequenos poderes.

Se não fosse meu namorado parecer-me-ia tudo normal. Sendo, não me agrada a liberdade polígama e não alimento conversa que me cause sofrimento. Vou aguentando e tentando orientar-me no meio da confusão emocional que nos varre.

Numa tarde em que regressamos da faculdade, no Cais do Sodré, debruçados sobre a cancela dos cacilheiros, e enquanto ela não levanta para que entremos para o barco, pergunto-lhe, "já imaginaste a nossa vida daqui a dez anos?". Vira-se, zangado, e responde à bruta.

"O que é que isso interessa? Que ideia estúpida! Que pensamento inútil!"

Calo-me. O que disse de mal?

Tornou-se um final de tarde muito tenso.

Em Cacilhas, no autocarro em que seguimos juntos durante uma parte do caminho, aproveita para me pedir que não o vá visitar mais. Pergunto porquê, mas responde evasivamente.

"São os teus pais? Não te deixam em paz comigo? Não vou se estiverem lá, pronto."

"Não é isso", afirma.

"Só vou se tiverem saído, se andar por perto e puder, e se sentir uma daquelas repentinas vontades de te abraçar...", argumento, tentando brincar.

"Não. Não tem a ver com eles. Já te disse."

"Então são os teus amigos?" Não me responde.

"Qual é o problema dos teus amigos?"

"Falam muito. Falam sempre", declara.

"Mas de mim? Porque sou mais velha?"

"Mandam bocas. Gozam comigo."

"Sim, mas por teres namorada? Porque uma mulher te visita em casa? Gozo de rapazes? Conversas que têm uns com os outros para definir quem é mais macho?"

Insisto. Vai resistindo. Já intuo a resposta. Temo que a pronuncie, mas insisto em feri-lo com a evidência da sua desumanidade.

"Mas que motivo há para que te gozem, David? São vizinhos. Sempre foram colegas e amigos. Tenho algum defeito que prejudique a tua fama e imagem? É porque não sou *punk*? Não uso calças de ganga ruça? Não fumo charros? Não vou convosco dormir à Festa do Avante!? Não alinho em noitadas de álcool? Quando vos encontro à entrada da tua casa, junto às escadas, digo alguma coisa que não deveria? Sorrio demais? Acham-me importante porque já sou professora? Não lho dissesses!"

"Nada disso. Esquece."

Insisto implacavelmente. Sei o que vou ouvir, mas insisto. "Então é porque também sou vista por eles como a tua colega da faculdade, e mostro o que agora pensam de ti: que gostas de te envolver com gente intelectual, diferente da malta do bairro?! Preferiam que namorasses uma miúda do grupo, que tivesse terminado os estudos e arranjado trabalho no café, ganhando o suficiente para tabaco e copos? Sou o elemento que aparece para comprovar a teoria de que, gostando tu de livros e tendo ido para a faculdade, estás a armar-te? É isso que pensam, que agora estás a armar-te?"

"Não. Não quero que vás. Não chega pedir-te?! Não vás! Encontramo-nos fora da minha casa. Qual é o problema? Para quê este interrogatório? Não interessa a razão. Ficamos por aqui."

"Interessa. Não compreendo o impedimento. Diz a verdade e deixo-te em paz. Largo-te. Diz!" Faço uma pausa. Olho-o. Continua mudo e fechado. Há um silêncio longo. Não tem coragem. Sabe que não deve dizê-lo, que não deveria senti-lo, mas o engulho está lá, permanece. Sabe, debate-se, mas não tem coragem.

"Diz, David. Diz a verdade. Gozam contigo porque arranjaste uma gorda, não é?! É por isso. Por ser gorda. Por não ser como as raparigas de quem todos gostam e falam, a quem assobiam e mandam piropos. As normais. Gozam contigo porque sou gorda!" Temo ouvi-lo, mas quero a confirmação. E quero atirá-lo contra os seus sentimentos, medos e inseguranças.

Expira fortemente. Passa a mão pela testa.

"Dizem que arranjei um peso-pesado", exclama.

A resposta certa, finalmente. A esperada. A reprovação que vem de trás e conheço bem.

"Peso-pesado. Boa metáfora!" Calo-me, mas logo ataco. "E a ti, chamam-te o quê? Peso-leve ou médio-ligeiro?"

Não me responde. Olha para fora.

"E incomoda-te o meu peso?", pergunto-lhe com desgosto.

"Não. Mas eles gozam. Não vás."

"Fica descansado. Não irei. Nunca mais voltarei a tua casa."

Saio na minha paragem. Subo o caminho até casa, silenciosa, incapaz de reter as lágrimas. Sei que não esquecerei a conversa que acabámos de ter. A nossa relação prolongou-se até finais de 1988, mas este foi o dia da nossa morte.

O papá também morreu pouco antes de um desastre histórico muitíssimo fatal e abundante em consequências, mas noutro continente: a queda das Torres Gémeas. Desde essa altura, eu e a mamã temos a vida mais folgada. As pessoas morrem e ficamos logo mais livres, portanto mais felizes. Sentimos saudades mas já não estamos presos à tortura do amor obrigatório. A morte é uma grande bênção. Devíamos fazer uma festa nos funerais, acompanhada de música, baile, comida e bebida com fartura.

"Como fazem os pretos." É a voz do papá. "As festas dos pretos, todos vestidos de branco; se uma pessoa pode entender tal cultura!"

Desde que o papá morreu perdemos o ânimo para a culinária. Estamos mais velhas. Fazemos o mínimo. Nada de geleias e compotas nem pratos trabalhosos. Vamos comer fora ao domingo. Ao Barbas ou ao Carolina do Aires, na Costa da Caparica, onde o povão que faz andar o mundo fala alto demais.

A meio da caldeirada a mamã diz, "não comas tanta batata. Estás cada vez mais parecida com a Natália Correia".

"Não digas isso. Por que dizes sempre o que mais me magoa?!"

"Olha a papada. As bochechas começam a descair-te. Observa a tua barriga. Não gostava de te ver acabar como o teu pai. A gordura desfeia-te." Fala com um sorriso sábio no rosto sereno, sem mal.

"Oh!, mãe, também é da idade! E não ando bem. Cansaço. Dor de cabeça…"

"Estás gorda demais."

"Sinto dores por cima dos olhos, na testa…", queixo-me.

"Emagrece. Gastas dinheiro no nutricionista não sei para quê!"

"Não durmo o suficiente. Não tenho energia. Só sono. Não sei o que se passa comigo", afirmo.

"Não hás de tu ter sono, gorda como estás?! Mexe-te. Quanto mais gorda menos te mexes."

"Acho que tenho de ir a outro médico."

"É melhor, pode ser que te deem qualquer coisa para queimar a gordura. Agora há uns comprimidos que queimam a gordura…"

Acabamos de almoçar e regressamos a casa. Preparo as aulas e o conjunto de roupa para a semana. As calças da estação passada já não me servem. Sento-me na cama com as peças na mão, vencida pela realidade. O meu corpo está fora de controlo. O que me aconteceu? Como pude deixar-me chegar a este ponto? O que fiz eu da minha vida? Se continuo assim vou morrer como o papá! Eis o fantasma do acidente vascular cerebral a picar-me com o seu espigão. Ou a voz da mamã vencendo? Esmurro as coxas, a barriga. Tenho vindo a pensar na cirurgia de amputação de parte do estômago. Tenho vindo a hesitar. Um *sleeve* gástrico é uma operação de vulto. Hesito. Mas estou exausta, gasta, e quero atirar-me sem pensar, sem medo. Acabou. Na insónia dessa noite decido, "vou e não penso mais. Agora vais ver quem manda, Maria Luísa". É o que me ordeno. "Isto vai acabar", declaro.

Na manhã seguinte informo a mamã de que vou ao médico para emagrecer.

"Qual médico? Mais um que te receitará uma dieta que não cumprirás?"

"Não. O cirurgião que me vai cortar o estômago para sempre. Uma cirurgia que agora se faz e as pessoas emagrecem à força. Depois já não é possível comer como antes."

"Ah!, Luísa, isso era a tua salvação", exclama.

Fui na quinta-feira seguinte, ao final da tarde, depois das aulas. Não suportava o meu corpo porque, tal como as pessoas com as quais me cruzo, também aprendi a rejeitar o invulgar, o excessivo.

"Vamos lá. Diga-me, o que a traz aqui?" O cirurgião era um homem alto, bonito, sorridente, com cabelos grisalhos. Que belo homem! Sempre o ruído da beleza do corpo, lerda, que entretém os olhos, mas é falsa e morre cedo.

"Doutor, tive esta ideia: o doutor ajudava-me cortando parte do estômago, com os seus métodos, porque, já percebi que se o fizer não poderei voltar ao pão. Tivesse eu as drogas, a técnica e os instrumentos necessários, e eu própria faria o serviço ao espelho, em casa, mas isto não é o século XIX." Ri-me. Ele riu-se. Nunca perco o humor.

"Algo pode correr mal, e eu estou aqui porque quero viver", continuei. "Mal me posso baixar para dar de comer à cadela, apanhar um clip ou subir as escadas. Vejo-me no espelho do elevador, o único que não posso evitar, e não me conheço. Dentro da desconhecida cujo rosto vislumbro, e que o doutor tem agora à sua frente, dentro dessa massa quase impenetrável, estou eu por parir."

Ele compreendia. Ele sabia. Tinha escutado este discurso mil vezes e de mil diferentes maneiras.

"Todos me mandam fechar a boca. Todos me dizem que é fácil. Não é. Não consigo. Tenho fome de pão. Preciso de atestar o estômago para sossegar, dormir e trabalhar sem cessar.

Preciso de saborear os meus pãezinhos com manteiga, de os sentir na língua, contra o céu da boca, degluti-los, fazê-los transpor a garganta, senti-los chegar ao estômago, sossegando o bicho escuro da fome que aí mora. O odor dos pãezinhos do dia, o miolo mole, a côdea seca, a forma como racham, quando os abro com a mão, que delícia, doutor! Pão é carne e arte. Farinha, fermento, sal, água e cozimento. Sem pão, o meu bicho negro morde-me, doutor, e dói-me o espaço vazio. Como não consigo eliminar o pão, pensei que o doutor poderia ajudar-me a amputar o bicho."

O doutor podia, mas o prazer do pão não acabaria. A diferença é que mesmo que quisesse continuar a drogar-me já não teria como fazê-lo. Seria como se me tirassem as veias. Explicou-me o processo. Desenhou um feijão numa folha de papel branco. Era o meu estômago. "Corto aqui e aqui. Fica assim com a forma de um tubo, está a ver?!" Ia rabiscando na folha e sorria, levemente. "Depois não cabe cá nada, entende? Nem o mesmo género de comida, entende bem? Nunca mais poderá ter os mesmos hábitos alimentares. Repito, nunca mais poderá comer da mesma forma! Nunca mais! Não há retorno. A sua vida muda para sempre."

Fez uma pausa dramática e olhou-me. Eu não estava assustada. Eu queria mudar a minha vida para sempre.

Continuou. "Esqueça o prazer da comida. As consequências são estas." E explicou longamente mas mal ouvi. Só queria que ele me amputasse. "Tem de estar consciente do que lhe digo agora. A taxa de sucesso desta cirurgia é alta. Quer marcá-la?"

Resumi o seu discurso ao que me interessava. "Vejamos, doutor, o senhor corta-me toda esta curva e transforma-me o estômago na continuação do esófago. E cose bem o golpe. Uma boa cosedura, de maneira que não abra. Assim a sopa, porque será só sopa, não é?!, entra no estômago às mijinhas, passa para o intestino, e digo-lhe adeus sem os efeitos perniciosos que me transfiguram. Sem pão, vou transformar-me em pássaro, bater as asas, ascender no ar e voar. Estou enganada?! Vai ser assim, não vai?"

"Simbolicamente, não nego", sorriu. Estava habituado a ouvir todos os sonhos e expectativas.

"Vamos a isso. Ao golpe final. Não precisa de me explicar mais nada. Sim, quero passar uma semana sem comer, e depois um mês a água, chá, leite, caldo e iogurte, e, na verdade, o resto da vida a sopa, como disse, se assim tem de ser."

Estou cansada da minha desobediência. Planeio a mutilação e jogo o futuro. Faço a gastrectomia e deixo-me ir. Planeio com ele a data, aviso no emprego e sigo para o hospital na véspera do dia marcado, já tarde.

O meu corpo não esperava que eu tivesse a coragem. Foi surpreendido logo de manhã. Levaram-me para o bloco de operações e zás.

Quando acordei levei a mão direita ao lugar onde costumava estar o "feijão" e o que dele restava doía. Sentia o buraco aberto do que faltava. O vazio. Agora via-o. O vazio. Já não poderia escondê-lo mais, de mim nem dos outros. Um enorme buraco fundo no meio do meu corpo, de mim. Durante horas fui sufocando em saliva e sangue. Pedia ar. Queria respirar. "O que me fiz desta vez?" Estava só eu e o meu corpo, como se tivesse acabado de nascer, mas consciente. Só nós os dois, na nossa luta. Quis o proibido carinho da minha mãe, que esperava notícias em casa, concordando que a amputação era o melhor, porque tinha de "controlar o meu corpo a mal", se não o tinha conseguido a bem. Para não acabar como o papá. Quis a presença da mamã. Não contava com carícias. Quis a sua voz. O pilar sólido. O telhado que me abriga. A coisa primeira. A pedra e o chão, ou seja, a mamã.

Alguém lhe disse que tinha corrido tudo bem. Eu tinha sido amplamente cortada e permanecia manchada de sangue, mas respirava e estava ali com uma única certeza: "Quem manda sou eu!". E o meu corpo a piar fininho. Quietinho. Dobrado sobre si. E eu dizendo-lhe, "subestimaste-me. Afinal não conhecias assim tão bem a mulher com a qual te meteste".

Na enfermaria, a paciente da cama ao lado ia recebendo visitas e almoçando, lanchando, jantando, os dias todos. Eu virava a cabeça e sorvia vinte mililitros de água enquanto o meu corpo desesperava de fome. Tinha pena dele, mas já não estava nas minhas mãos. Não havia nada que pudesse fazer para o salvar. "Aceita o destino", dizia-lhe. "Tens de te conformar. Não pode ser como queres." Ele chiava de dor, e a sua dor era também minha.

Ao quinto dia o médico deu-me alta e vim para casa com o resto do meu corpo nas mãos e cinco buracos no abdómen. Por um deles tinha saído o estômago. Na pressa de me ver livre dele entreguei-me sem perguntar como extrairiam a carne amputada.

Quando cheguei a casa e finalmente tive forças meses depois, quis escrever uma entrada no diário sobre a violência da cirurgia. Escrevo sobre tudo. Sou viciada nisso. Foram as primeiras palavras que redigi sobre o que tinha vivido e fiquei cansada. Ao terminar percebi que tinha escrito mais uma carta de amor e que aquilo que eu era, e em que me havia tornado, recaía sobre o mesmo momento da minha história. Transcrevo.

"Agora que perdi quarenta quilos, agora já posso visitar-te, David? Abro a porta da casa onde já não vives com os teus pais, entro e deixo-me estar sentada numa divisão qualquer, mesmo que não estejas. Não incomodo. Não interpelo os residentes. Quando chegares não há necessidade de reparares em mim nem de estabelecer contacto. Basta que me concedas a possibilidade de olhar para a tua pasta da escola, os teus cadernos, a roupa de andar por casa, e possa ver-te passar a mão pelo crânio, corrigir os testes, coçar a barba, assoar o nariz, arranhar as costas com uma mãozinha de madeira, *recuerdo* que o teu pai te trouxe de uma excursão a Sevilha. Só quero estar mais perto de ti, como uma estatueta que fareja o ar à sua volta.

"Sei que não presto. Tenho-te vilipendiado sem dó nem sossego. Mas tens a tua conta por pagar. Não guardo uma gota de vergonha nem pudor. Descarrilei a certo passo do caminho. Nunca seria mulher para ti. Tenho uma fome impossível de matar. Fizeste bem em escorraçar-me. Tiveste juízo. Resististe, sim senhor.

"Em 2004 acabámos por não foder. Isso é que foi pena, mas deves reiterá-lo sem receio, para tua defesa. Íamos fodendo, mas tinhas hora para regressar a casa. Controlaste-te como deve ser. Deve ser duro viver tão preso, mas calculo que haja certo consolo na rotina do cativeiro. Uma pessoa habitua-se e não quer outra coisa.

"A tua escolha foi lícita. Permite, contudo, que te peça desculpa, porque, na verdade, não tendo sido convidada para entrar em tua casa, estou sempre presente à tua mesa, e a proximidade é tal que acabou de respigar uma nódoa de gordura do teu jantar para o peitilho da minha blusa. Já usei os detergentes adequados, esfreguei, pus a peça a corar, mas o amor é uma nódoa burra.

"Tens uma pestana na cara. Nasceram-te uns sinais na face esquerda. Ainda róis as unhas. As tuas mãos estão iguais. Continuas a gostar de azul e castanho. Os teus olhos estão mais caídos. Fizeste bem em rapar o cabelo. Fica-te bem. Pareces o Yul Brynner.

'Quem é esse?' Não perguntas. Sou eu que imagino.

'Um ator de quem o meu pai gostava. Já não é do teu tempo.' Respondo-te com os meus botões.

"Já não dás as gargalhadas frescas dos dezoito, que eram água a nascer das pedras, mas seria de esperar. A vida adulta raspa a pele. Vejo que tens tudo, mas abominas a vida. O que te falta? Não te preocupes demais. Sabes que superamos tudo e somos capazes de viver com o nada. Esquece o corte no salário, esquece a sobretaxa do IRS, esquece as metas curriculares. Lembra, apenas, que eu permaneço aqui, inegociável, guardiã única do nosso amor. Como me odeias e que bem te faz! E dizem que há de haver outra vida e nessa não me impedirás de visitar a tua casa. Hei de ser a tua gorda de estimação e não convidarás os teus cruéis amigos para o nosso casamento. Brindemos à próxima vida!"

Recuperei totalmente da cirurgia. Fiquei uma maravilha de mulher! Eu acho. Faz hoje um ano que a mamã morreu, o que significa que agora já cá não está para tomar conta de mim e do que como. Fiquei sozinha no mundo como um gato ou um cão, um animal qualquer que é tolerado se se adaptar às regras e as cumprir. Causa medo e ao mesmo tempo é uma liberdade íntima quase sem limites. A cadela não tem limites. Não se adapta às regras. A cadela mija à entrada da porta. Mas eu tenho juízo. Agora que a mamã se foi, preciso de ser crescida. Faço o que ela diria ser melhor para mim. Coloco-me na sua pele. Imagino que ficou em África, que nunca regressou cheia de filodendro e mobiliário fora de moda. Está à distância a orientar a minha vida, "faz assim, não digas assado". Faz de conta que me escreveu uma carta na qual me diz, "Maria Luísa, estamos contentes com as tuas notas. O pai está todo orgulhoso. Vê lá se precisas de explicação a matemática".

Escuto a sua voz conselheira, "tens de aprender a cuidar de ti. Já não duro muito tempo".

"Cala-te, mãe. Sabes que detesto essa conversa", revolto-me.

"É a verdade, menina", responde, sabendo que não é fácil ouvir o que acabou de enunciar. Há coisas que não se pronunciam. Não se fala da morte como se fosse o que se vai almoçar ou jantar amanhã. Não se fala daquilo em que não se quer pensar. Ninguém deseja que a dor comece antes do tempo. Quando tiver que doer que doa, mas agora ignoremo-la, cantemos, riamos, comamos e bebamos. Depois virá o que tiver de ser.

A mamã é um peso e um alívio. Quero que viva para sempre. Quero que morra e me deixe viver. Pelo menos que desapareça, desocupe o espaço que ocupa na minha vida, não me chantageie, exigindo de mim o que não retribui. O que penso que não retribui.

Agora que morreu estou sozinha na casa que comprámos para o meu futuro. A nossa casa, a minha casa. Sozinha no lugar onde ela e o papá não regressarão, porque não se encontram em África a trabalhar na barragem, a juntar dólares para comprarmos um carro, pagar o empréstimo ao banco, viver com dignidade. Não espero o dia em que cheguem com o caixote de mobílias e recordações de um tempo que acabou, e de um espaço que já não é nosso. Estão a trabalhar onde, agora? Não espero ninguém, e tudo o que era para ser, já foi. Emendo-me: estou a ser ainda. Corrijo-me de novo: oriento-me entre aquilo que sonho e o que o destino me autoriza.

Estou só como no dia anterior àquele em que nasci, ainda na barriga da mamã, mas sem a conhecer e ignorando absurdamente a jornada que me esperava. Eu, mistério de carne insatisfeito. Eu, tempestade sobre as quatro estações. Eu, forte e fraca de tudo. Já não me espera a obrigação de vencer, de voar acima da miséria, da desordem e da aparência. Nada me espera, mas lembro-me de que ainda estou na vida. Obrigo-me a comer a sopa de feijão-verde repetindo esta ideia: tens anos para cumprir. Aguenta-te. Isto ainda vai melhorar.

E agora? A mesma pergunta, ciclo após ciclo. E agora? O que me resta sem eles, sem nada por que esperar, a que obedecer, respeitar, cuidar?! Sem amarras, sem âncora, sem desejo de fuga? Como é que se vive?!

Os tempos da carne acabaram radicalmente após a cirurgia. Sopa e fruta, com sorte. Como pedaços de melão de uma malga do meu enxoval, debruçada no balcão da cozinha, e ouço chamar. Não é a voz da mamã, mas o ritmo, a tonalidade, um nome de três sílabas com I, semelhante ao meu, que talvez seja Elisa ou Lídia, não se percebe. Debruço-me na janela com a malga na mão. À frente dos meus olhos estende-se o mar liso da tarde.

Alguém chama um filho ou uma filha. Não percebi o nome, mas o que penso ter escutado no ruído do chamamento foi "anda cá, anda à mãe". Havia uma doçura na voz feminina. Havia um "eu e tu, coisa única, amarga e doce, do princípio ao final dos tempos, vem", por isso vou, mesmo sabendo que não é para mim. Deixo-me estar olhando para o pátio e lanchando, comendo à mão como os pretos. Trinco a carne doce da polpa cortada aos quadrados incertos, e a boca enche-se-me de sumo. Como para matar a velha fome que nunca estará satisfeita. Falta-me qualquer coisa muito antiga.

Quando saio para o trabalho e regresso, à minha espera há uma casa vazia e uma cadela feliz. É feliz porquê? Com que sonha? O que espera para amanhã? À noite sentamo-nos no chão da cozinha e ofereço-lhe grãos de ração. Está velha. O chão refrescou mas ela sente calor. Deito-me ao seu lado. Abstraio-me e sinto a carícia da sua língua lamber-me a palma da mão. Brincamos a pôr as patas uma sobre a outra; eu rolo, ela rola. Enfio a cabeça no seu pescoço, ela mete-me o focinho no sovaco. Não sei quem é a cadela nem a mulher. Não interessa. Não sou sua mãe nem dona. Ela não é filha nem animal possuído. Não temos espécie. Somos uma fusão do nada que é tudo. Somos esta alegria agora. E, como ela, também procuro a frescura honesta do chão. Quando acalmo, deito-me e durmo com o braço direito estendido, encostado à sua barriga, e entalado entre as suas patas. Encaixo uma almofada entre as pernas e outra entre o braço esquerdo e a cintura, para não sentir o calor do corpo limitativo, sem o qual não estaria aqui, e não poderia ter experimentado todo este horror e maravilha.

Sala de jantar

Situada entre a cozinha e a casa de banho. A janela abre para a varanda que pertence à cozinha, onde recebem a luz da manhã um vaso com jasmim que trepa pela parede, línguas-de-sogra e patas-de-cavalo. É a maior assoalhada da casa.

Nos lares portugueses sem alojamento para criados a sala de jantar permanece fechada à espera das visitas. É o espaço mais inútil e triste da casa, com janelas e cortinas cerradas, habitado pelas assombrações que se acoitam nos armários onde repousam serviços de louça, cristal e pratas sem serventia, pela frescura nos verões e cheirando a mofo nos invernos.

A mamã é portuguesa. Nunca pretendeu destacar-se do trivial. Já não possui os grandes salões das casas dos brancos em África, espaços comuns para as refeições e o convívio, rendendo-se ao que é uso na terra onde nasceu e cresceu. A sala de jantar em Almada permanece fechada, mas encerrando Lourenço Marques no interior.

O papá acabou de se reformar e anda cheio de tempo. Dentro de seis meses sofrerá o acidente vascular cerebral que lhe arruinará o cérebro e o paralisará. Sobe e desce as Barrocas e desenvolve conversa com os lojistas. Senta-se nos cafés e restaurantes, bebendo Seven Up e Coca-Cola, perguntando sobre ementas e preços. Conhece toda a gente e toda a gente o conhece. O papá está sempre alegre, é gentil e disponível para um sorriso, uma graça, um aperto de mão ou um favor pelo qual não espera recompensa. Quando está bem-disposto é fácil gostar do papá.

Não lhe caiu bem assistir na televisão às imagens da posse de Nelson Mandela como presidente da República da África do Sul. Sacudiu a cabeça. "De boas intenções está o Inferno cheio. Com a África de Sul ninguém faz nada. São do piorio. Vai ser um banho de sangue." Mas agora livrou-se daquilo. "A negralhada que se amanhe com o caldinho que arranjou. Queimem. Partam. Força. É tudo deles."

Por esta altura da nossa vida em Almada, o Tejo encontra-se estendido ao comprido, e de lado, sobre a carpete bege da sala de jantar, vomitando aos borbotões, moribundo. Envenenaram-no. Trago-o da rua, onde vive, onde o descobri doente, sem se mexer, estirado sobre as pedras do passeio. Dobro os joelhos, enfio as mãos e os braços debaixo do seu corpo e ergo do chão o enorme fardo de carne sem ação. Com a ajuda do papá, deito-o no banco de trás do carro e levamo-lo ao veterinário. Dão-lhe soro e injeções. Receitam comprimidos, mas o caso é sério e o estado, crítico. Não prometem nada. Torcem o nariz.

O Tejo apareceu no bairro com o filho da Manca, vindo da Cova da Piedade. Apanhei o rapazito na rua, brincando com o cachorro, enquanto passeava a cadela, que a mamã trouxe para casa acabada de nascer e alimentou a conta-gotas como a um passarinho.

"O que lhe vais fazer?", pergunto-lhe.

"Levá-lo comigo!", afirma, sem dúvida.

"E a tua mãe deixa?"

"Não sei. Ainda lhe vou pedir."

A Manca não deixou. Não queria cães em casa, era uma sujidade, e eu já tinha a minha, de maneira que o Tejo foi ficando pela rua, dormindo debaixo dos carros e comendo o que eu, os papás e o filho da Manca arranjávamos. Era só mais um cão desgraçado.

Fez-se enorme. Um rafeiro cor de chocolate com pelo curto e olhos cor de mel. Chamo-lhe "cão cigano". Beijo-lhe a cabeça, os olhos ramelosos e o focinho mole da doença. Cheira a morte. "Não dês beijos aos cães, menina. Não sabes que doenças podem ter. Não aproximes deles o teu rosto. Não sabes se te podem morder." É a voz da mamã ao longo das décadas, e sempre as mesmas palavras.

O Tejo cheira mal. Duplamente. Por ser o cão da rua, ao qual nunca passou água pelo lombo, a não ser a da chuva, e porque as entranhas se lhe desfazem por ação do veneno ingerido. O animal está uma lástima. A mamã não o quer em casa. É católica mas tem os seus limites. Não consegue aprovar a presença de um cão tão grande num apartamento, para mais no espaço interdito da sala, que deseja num brinquinho, e em cima da carpete, cujas nódoas nunca conseguirá eliminar e terá de seguir para o lixo.

"Só malucos, só tu e o teu pai se lembrariam de tal coisa", ralha.

Tentamos que o Tejo se alimente. Dissimulamos os comprimidos embrulhados em bife, que lhe damos à boca. O odor da carne vence e o instinto fá-lo comer, mas poucos minutos depois o estômago em ferida expulsa o que ingeriu e a nossa alegria é breve. Bebe um pouco de água. Vomita de novo. Urina mal. O estômago é uma ferida. Os rins estão em falência e o fígado intoxicado. Eu e o papá limpamo-lo. A mamã condói-se. Melhor seria mandar abatê-lo. Vê-se que sofre.

Já estamos habituados a cães abandonados que vêm parar à nossa rua. O Bobi também viveu quase duas décadas no pátio das traseiras do prédio. Do alto do sexto andar víamo-lo acoitar-se debaixo dos carros, fugindo à chuva. A certa altura o papá comprou-lhe uma casota de cimento, que a loja veio entregar. O Bobi era quase como se fosse nosso, mas vivia na rua. Alguma vizinhança assomou à janela e apreciou o feito do papá. Mas estamos no mundo e, como de costume, outros censuraram. Eu e o papá temos fama de proteger os animais. E é má. Reclamam que ladram, que podem morder e transmitem doenças. Que somos os culpados de não se irem embora porque os alimentamos. Nas nossas costas há sempre alguém a enxotá-los ou a magoá-los. Pessoas que se cruzam connosco fingindo ser de bem, mas nos impugnam pelas costas. Denunciam a presença do cão vadio à câmara e a carroça costuma aparecer de madrugada, com homens súbitos que procuram caçá-lo com redes. Quando não consegue escapar, o Bobi é levado para o canil municipal do Alto do Índio, onde será abatido caso ninguém o reclame no prazo de oito dias úteis. Na manhã seguinte, eu e o papá deslocamo-nos ao canil e confirmamos a sua presença atrás da grade. Reconhece-nos, ladra, metemos as mãos na jaula para lhe fazer festas; seguimos para a Câmara de Almada, pagamos a multa, tiramos a licença e voltamos com os documentos em ordem para o resgatar. Fazemos o caminho a pé para casa, calmamente; ele ao nosso lado. O Bobi não entra em carros. Eu e o papá vamos-lhe pedindo que tenha cuidado com as doenças que as pessoas podem transmitir-lhe. Explicamos que a picada ou mordedura dos humanos é mortal. Embora nos riamos da conversa que entabulamos, eu e o papá estamos fartos de gente.

Quando a casota do Bobi chegou, alguns vizinhos contribuíram com o que podiam. Fez-se uma pequena cooperativa. Afinal, era fácil arranjar um abrigo onde o cão velhinho, que acompanhara o crescimento das crianças da rua, pudesse acabar os seus dias.

Na casota que se lhe arranjou recolheu-se até a falência cardíaca impedir que continuasse a caminhar, a comer e a fazer as necessidades. Quando aquilo se tornou insuportável, o papá chamou o veterinário, que veio com a mala cheia de químicos e seringas e o abateu. O papá viu o momento. Ficou abalado.

Para mim e para o papá, nós e os cães somos mundos aos quais é concedida a mercê de se intercetarem e coexistirem. Somos companheiros na mesma casa e viagem. Gostaríamos de ter um pombal. E uma horta. E um jardim. A mamã considera-nos doidos. "São iguais. Os dois malucos." Lembra que já lhe bastou o trabalho que o papá lhe arranjou com a casa da Matola, e que já não tem a mesma idade.

Mas agora é o Tejo. Sentamo-nos na carpete, à sua volta. O animal agoniza. Sente a nossa presença, escuta as vozes, abre por momentos os olhos, embora a vida se esvaia, e ele o saiba, como nós. Mal respira. Imagino que reconheça o nosso carinho e companhia. Se não reconhecer é igual, porque só importa o que a consciência nos dita. É uma missão íntima entre o nosso coração rafeiro e o do Tejo. Os nossos caminhos também se cruzaram sem o termos pedido.

"Esse cão não tem salvação", prediz a mamã, irritando-nos com os presságios, o ceticismo persistente; atirando-nos a evidência à cara.

Passamos a mão pelo dorso do cão moribundo. As últimas festas ao cão da rua, cão bom, amado cão cigano.

O papá não está nos seus dias. Vejo-o sério. O Tejo está a morrer, mas não é só isso. Há mais. Pergunto-lhe.

"Sonhei de novo com Lourenço Marques", confessa.

"Conta." Faz-lhe bem deslindar a história dos seus sonhos e libertar as emoções que o encarceram no passado. Eu sei que o papá não deixará de sonhar com Moçambique enquanto for vivo.

A mamã escuta-nos da cozinha enquanto faz o almoço, mas vem espreitar.

"Conta."

"Estava prestes a partir e a deixar para sempre tudo o que lá construí. Esperava a última carrinha para o aeroporto, que eu tinha de apanhar, mas que vinha ligeiramente atrasada. Aproveitei para voltar a casa a correr. A preocupação era juntar ainda alguns tarecos para trazer. Entro, e à minha frente está a enorme janela da cozinha. Vejo pela última vez o quintal com a frondosa mangueira projetando a sombra sobre a casa, e as papaieiras, do lado direito, encostadas ao muro, carregadas de frutos maduros do tamanho de melões. Trinta segundos. Ouço o motor da carrinha parar à entrada. Pego num cabide com duas calças e um casaco e saio correndo. Não há tempo para as malas que fiz e estão pousadas no chão. Quando chego percebo que a carrinha tinha arrancado. Salto para o meio da estrada de terra, e aceno com os braços no ar e o cabide pendurado na mão. 'Parem, parem, por favor', grito. Os passageiros, todos brancos, veem-me gesticular e interpelam o motorista. A carrinha para uns metros à frente. Caminho até lá, entro, agradeço, atiro-me para um banco corrido e desato a chorar, com as mãos fechadas tapando os olhos. É como se fosse adeus casa, adeus terra. É o fim. Depois a tua mãe acordou-me."

A mamã volta para a cozinha. Baixo os olhos, que fixo no Tejo, murmurando, "não vamos recomeçar esta conversa. Aquilo nunca foi realmente nosso, pai. Sonha com outras coisas. O passado está arrumado".

"O melhor de tudo é que enquanto estou lá, ainda lá estou. Nesses momentos, aquilo ainda está a ser nosso." Faz uma pausa e reage. "E mete nessa tua cabecinha toda lavada por dentro que aquilo podia ser ainda nosso, ser nosso para sempre, se as coisas tivessem sido bem conduzidas."

Não vale a pena alimentar este assunto. Sei que é um caminho sem saída. Vamos brigar. Não vale a pena. Penso, calada, que a história não perdoa caminhos mal talhados, logo não poderia ter sido nosso mais do que foi. Mas este nó não vai desatar-se no tempo das nossas vidas nem enquanto os filhos dos que cá vieram ter, como eu, se lembrarem da origem dos pais. Concluo mentalmente o discurso do sonho do papá. "Adeus porção plena de mim. Adeus memória sagrada dos rostos, lugares e gestos.

Adeus torre do tombo da minha felicidade, adeus até outro sonho no qual tudo reviverei."

"Resumindo, pai, foi só um sonho, e os sonhos não passam de uma ficção", digo para o aliviar.

"É verdade. E tu e a tua mãe não entravam nele", remata. "Era só eu, como se vocês já cá estivessem e eu ficasse sozinho a resolver os últimos assuntos."

"Vês como é irreal?! Tu, sozinho?! Alguma vez tiveste nervos para resolver assuntos sozinho?! Foi sempre a mãe que tos resolveu." Sabe que digo a verdade. Dá uma risada. Lá de dentro a mamã acrescenta, "não encontrava outra como eu nem que andasse com uma candeia acesa!".

Digo-lhes: "Acho-vos uma graça, meninos. Dizem que tiveram de recomeçar a vida, mas olhem para esta sala, esta casa. Trouxeram tudo o que puderam. Fora o que está no sótão. Enxoval, facas, garfos e colheres. Trouxeram as minhas bonecas, roupas, livros da escola. O serviço de copos de cristal na cristaleira. O serviço de jantar em louça de porcelana no aparador. Tudo intacto. Nada se partiu".

"Trouxe eu", clarifica a mamã. "Se dependesse dele ainda lá andava metido em escaramuças com os pretos, que já nem nos viam bem, e não tínhamos conseguido pôr cá nada. O teu pai ferve em pouca água e não se sabe calar quando é preciso."

"A tua mãe é que é uma senhora, a tua mãe é que sabe falar e resolver. A tua mãe é que embala bem. Sabe tudo, por isso é que me casei com ela."

E a mamã sabe. Cozinha. Costura. Limpa. Lava. Atura-nos.

O Tejo entrou em colapso nessa tarde. Voltei a carregá-lo nos braços até ao carro, com o papá abrindo as portas. A mamã afirmou, "tens força". Ele acrescentou, "sai à avó Josefa, que nunca precisou que ninguém lhe fizesse o que lhe competia". Ela pensou, sem dizer, "estás enganado, sai a mim". Apanho-a a olhar-me com orgulho. Julgo não me enganar. Nunca me olha dessa maneira. Vejo-lhe sempre a censura, o "tem juízo", o "não parece bem". Mas agora tem os olhos cheios, satisfeitos de mim, como se fosse realmente a sua filha querida. Sinto-me embaraçada. Não estou acostumada. Tenho vontade de dizer, "mais vale olhares-me como de costume. Não te orgulhes de mim. Não me habitues mal".

Antes de o sol se pôr deposito o Tejo na bancada de metal do veterinário, beijo-o, dou ordem para o abaterem, e saio. O papá fica no consultório até ao final.

Acabámos por ficar a viver em Almada devido à generosidade da tia Maria da Luz. Há um impulso inadiável que nos aproxima de quem nos trata com gentileza. Quando saí do colégio, a prima recebeu-me com agrado e carinho no segundo andar esquerdo do seu apartamento no largo da escola pública, na Cova da Piedade.

Na casa da tia Maria da Luz a sala de jantar e de estar são no mesmo compartimento, como era hábito em Lourenço Marques, de onde a tia também veio, em 1976, mas mal nos podemos mexer no meio dos móveis que atravancam a passagem.

"Casas pequenas, casas tão pequenas!", exaspera-se a tia.

Quem faz os arranjos na casa é o Lunático, filho da dona Augusta, do rés do chão direito. Vive com a mãe e gosta de cães. Gosta com devoção, como se ele e os animais fossem exatamente da mesma carne e criação. Alimenta os que aparecem abandonados, cura-os das feridas, limpa-os, dá-lhes pancadinhas nos quartos traseiros e coça-os no lombo, na barriga e à roda do pescoço. Anda sempre com uma matilha de enormes rafeiros atrás de si. O Manchas, o Eusébio, a Boneca, o Bolotas e mais dois ou três sem nome. "Estes cães estão comigo. Nestes ninguém toca", diz. Defende-os como seus, embora sejam todos da rua.

Não tem cabeça para os estudos. Completou o ciclo preparatório, mas mal. É órfão de pai, um operário da construção civil que na febre urbanística na Margem Sul, nos anos 70, caiu de um andaime e esborrachou o crânio contra a misturadora de cimento da empresa ilegal, portanto sem direito a indemnização. Baixo, magrinho, mal-acabado, trabalha como operário da Lisnave, porque um tio lá meteu a cunha. O rapaz sabe fazer de tudo. Não tem sorte com as mulheres, mas desenrasca-se com biscates a senhoras viúvas ou divorciadas que precisem de alguém para lhes montar um varão de cortinados. De resto, quem pega num fardo sem beleza nem meios de fortuna?!

A vizinhança amanha-se com o seu talento faz-tudo, chamando-o para arranjos domésticos, pinturas, humidades, buracos e fendas, torneiras, canos, desentupimentos, eletricidade, estores, fechaduras, prateleiras, marquises, candeeiros e reparação de eletrodomésticos. Como é que uma pessoa sem cabeça para os estudos pode acumular tanta sabedoria? Por muitas línguas que eu fale, por muitas leituras que faça do Eça e do Camilo, tal inteligência não a alcançarei nunca.

O Lunático frequenta muito a casa da tia Maria da Luz, afora os biscates, porque, sendo a mãe doméstica e doente, e impondo-se a hipoteca da casa para pagar ao banco, ainda não conseguiu arranjar posses para comprar uma televisão como deve ser. Gosta de ver a série *Fama*, aos domingos à tarde, e a tia Maria da Luz, com a sua índole sociável, e estimando o rapaz, prestável e de boas palavras, bem-educado, oferece-lhe a casa. "Bonito não é, mas uma alma destas, nos dias de hoje, é uma raridade!", sentencia.

Enquanto decorrem os episódios da *Fama*, o Lunático senta-se à minha direita, no sofá vermelho, enquanto se ouve a tia na cozinha, de volta da máquina de lavar, do estendal da roupa e acabando peças de costura para fora.

O Lunático nada diz que me interesse, tirando o relatório sobre os cães. Nunca leu um livro, e filmes só os do Bruce Lee. Vejo-o como um calhau ambulante que consegue pintar barcos a *spray*, pendurado num andaime, tal como o pai. Deus não lhe dê a mesma sorte!

    Começa a pousar a mão nas minhas pernas e eu deixo. Ele mantém os ouvidos atentos à série e aos trabalhos da tia, na cozinha. Eu olho para o aparelho de televisão, concentrando os sentidos na mão inominável, permitindo que levante a bainha da saia, me toque os joelhos, a sua dobra, e deslize para o interior das coxas, progredindo devagar, de maneira aparentemente distraída. Com os ouvidos simultaneamente presos aos passos da tia, a mão do Lunático vai subindo, enquanto o Leroy, nesse episódio, desrespeita a professora de inglês e sai da sala batendo com a porta. Foi admoestado por não ter lido em casa a peça de Shakespeare necessária para o trabalho na aula. A professora declarou que não bastava saber cantar, dançar e representar para se ter sucesso. Era preciso ler. A leitura alimenta o pensamento e este fermenta o talento. Depois, enfim, talvez se possa chegar a qualquer lugar no céu de tesos que a arte reúne, ironiza a professora de inglês. O Lunático está do lado do Leroy. Claro que ler é uma chatice. Ler para quê? Porque é que para se ser um artista tem de se conhecer Shakespeare?! O que é que uma coisa tem a ver com a outra? Eu estou de acordo com a professora de inglês e não me dou ao trabalho de argumentar. Seriam pérolas a porcos, salvo seja. É possível viver sem conhecer Shakespeare, mas mal, uma vida de segunda ou terceira, julgo. O Lunático não tem noção, não está à minha altura, não significa nada, é uma estrutura de carne erguida, e com mãos.

    Sei que também não tenho valor para os rapazes, mas o Lunático não é bem um rapaz, a meu ver, mas um destituído que aproveita o que lhe vem à rede. Tenho ao meu alcance brindes de segunda ou terceira categoria, acreditando existirem os de primeira, e desejando-os, mas onde andam?! Seriam o Pedro Miguel, vizinho do prédio em frente, com longos cabelos louros ondeados e olhos verdíssimos, sempre de Levi's, botas de couro negro a condizer, fã dos The Doors, com a guitarra sobre o ombro. Acorda depois do meio-dia. Vejo-o sair à tarde, debruçada na varanda. Esse, sim, teria unhas para me tocar "The Crystal Ship".

Sei que eu e o Lunático não correspondemos às belezas desse calibre, legítimas candidatas à escola de arte da série *Fama*. Não possuímos corpos apetecíveis, portanto é como se não existíssemos. Ali estão dois enjeitados, que não podem mostrar-se sem vergonha, como dois automóveis amolgados, a gorda e o burro, passando os olhos por uma série de televisão com jovens lindos e talentosos que eles não são, com vidas independentes e interessantes que eles não têm, e desenrascando-se, pois. A mão do bruto aproxima-se da minha vulva, toca-a, e eu afasto as pernas ao compasso dos tratos mágicos que me apertam os pequenos lábios, brincando, e cada vez mais cega, fácil e vencida, venho-me em silêncio, sem respirar, enquanto a mão do Lunático se desembainha devagar, sem uma palavra, um olhar, limpando os dedos às calças de ganga enodoadas que tresandam a fêmea desde a semana anterior. Não temos o interesse indefinível da beleza, mas o prazer dos monstros nada fica a dever ao dos belos. E lá de dentro a tia pergunta, "meninos, querem lanchar?".

Pode ser. Eu respiro, finalmente, e com o Lunático à mesa como o pão com queijo fresco ou doce de framboesa e bebo o chá de erva-cidreira ou de erva-príncipe ou de lúcia-lima que a tia nos põe à frente, como se nada tivesse sucedido.

Ao contrário do Lunático, e pelos mesmos anos, o primo Humberto é um senhor bem-parecido e bem-vestido. Charmoso, mais velho e casado com a prima Lívia. É gerente de uma firma de *import-export*. Como já ando na faculdade, redijo bem e sou desembaraçada, chegando agosto, nas férias da secretária, o primo passa a arregimentar-me para a substituir. Dita-me as cartas, que anoto em estenografia aprendida num breve curso de secretariado, na Baixa, e depois bato na máquina de escrever elétrica. Um luxo! E sabe-me bem largar a literatura durante umas semanas e dedicar-me a assuntos lineares. Descansa a cabeça.

Entre a emissão e a receção de telex, nas quais sou exímia, e o arquivo da correspondência do dia anterior, o primo Humberto belisca-me as nádegas, roça-me o antebraço pelas mamas, e dirige-me frases com segundo sentido, embaladas em gíria de escritório. Informo-o de que as peças da Alemanha tinham chegado no *Seattle Triumph*, e que já estão na alfândega para inspeção, portanto urge pagar as taxas no dia seguinte. Retorque que, estando eu para aí voltada, me inspeciona ele as peças todas, e à borla. Volto para a máquina de escrever, não vá ele ter ideias. Sei que uma mulher não nasceu para ouvir, calar e fugir sempre, mas continua a ser necessário resistir. Ainda não sou o que vim cá ser. Ainda não tenho poder para me defender sozinha sem ficar a perder. Aprendi a evitar o deflagrar de situações que possam comprometer a minha segurança, aparentando não as compreender.

O primo paga-me de boa cara os almoços, e apenas me pede, implicitamente, que o escute como se tivesse piada, que lhe sorria enquanto se aprimora na sedução. Compara-me ao queijo fresco que se desfaz na boca, ao bago de uva que se trinca doce, às "talhadas de melão, damascos, e pão de ló molhado em malvasia". Toda eu sou uma refeição. Vejo-me transformada em matéria comestível e alimentícia, de diferentes texturas, umas vezes mais doce, mais tenra, desfazendo-se em água na boca, ou carne rija, em tensão, sempre saborosa, tomada de sal ou picante, a gosto.

O primo Humberto apetrecha-me involuntariamente com os instrumentos para compreender o inconsequente discurso de engate lusitano, e transforma-me numa especialista em toca e foge: ele toca, eu fujo. Não posso fazer mais porque a mulher do primo Humberto é a Livinha, filha de um tio da mamã. E admito que, passados os terríveis anos da escola e do colégio, durante os quais me senti monstruosa, não desagrada ouvir alguém, seja quem for, gabar-me a beleza dos olhos e dos lábios. E o conjunto que me forma. Sou culpada por não conseguir estabelecer a fronteira entre o que considero reprovável e o que me agrada.

À tarde, no escritório da praça da Alegria, o primo fecha as janelas e cerra as persianas por causa do calor e do barulho exteriores. Trabalha-se melhor na penumbra fresca. Acabo de lhe passar a chamada de um cliente. Atende, fala meia hora, e poucos minutos depois sai do gabinete em mangas de camisa, como faz quando me vem pedir uma carta, um recado ou um fax urgente. Mas não é isso. Vem com outra intenção e percebo-o no momento em que me enlaça, me arranca da cadeira giratória, arrastando-me até ao sofá das visitas e caindo sobre mim com o seu peso e bafo a corrupção, enquanto diz, "se a tua prima fosse tão bonita como tu...".

Empurro-o, torço-me, consigo inverter a posição dos corpos e, com os pés e os dentes, magoo-o para que me solte. Sacudo-o, fujo batendo com a porta e regresso à Cova da Piedade, encerrando ali a minha carreira no *import-export*.

Dois dias depois o primo telefonou à tia Maria da Luz mostrando-se zangado, comentando que o meu problema é "só querer praia, trabalhar nada", mas a partir daí teve de se arranjar sem secretária o resto do mês. Eu tinha chegado a casa descontrolada e contara a verdade à tia. Ela escutou-o sem grandes respostas. "Pois, sim senhor. Assim seja", disse-lhe. E embora estivesse do meu lado, voltou a lembrar-me o que eu já não podia ouvir. Que "mulher honesta não tem ouvidos" e, sobretudo, que "estes acidentes não se contam a ninguém, porque quem fica a perder somos sempre nós".

À mulher, a quem muito me elogiava, o primo Humberto justificou-se afirmando que eu afinal não passava de uma interesseira preguiçosa e irresponsável, muito inclinada para a lascívia, e que dessas estava o mundo cheio. A prima telefonou-me dizendo que fazia o favor de não contar nada à mamã, só para não lhe causar desgostos, mas agradecia que não voltasse a aparecer-lhe em casa. Disse-lhe que sim, com certeza, e a minha boca nunca se abriu. A mamã não podia saber estas histórias. Tratava-se da sua família. Por vezes dizia-me que a prima parecia não acreditar no meu zelo profissional e admirar-se por eu conseguir manter empregos. Eu e a tia Maria da Luz nunca abrimos a boca, e o trabalho, graças a Deus, sempre me sobrou.

Quando a Tony voltou a dar sinal de vida eu já andava com o David, estudava Filosofia, dava aulas, trabalhava na rádio e dormia pouco, tudo junto. Escreveu-me para a casa da tia, retomando o contacto. Tinha saudades minhas, afirmava. Há muito tempo que nada sabíamos uma da outra. Eu vivia com os papás na casa de Almada. A tia visitou-me e entregou a missiva dizendo, "a tua amiga voltou à carga. Deve querer alguma coisa". Sim. Era isso. A Tony tinha saído do colégio, fora viver para o circo com o colega do Kispo cor de laranja e estava prestes a dar à luz uma menina. Queria muito que eu fosse madrinha da criança.

Respondi-lhe pouco depois, como sempre fazia, agradecendo a lembrança mas declinando o convite. Atualizei a minha morada e número de telefone, por solicitação sua, mas já não pertencia ao seu mundo nem ela ao meu. Era-me estranha. Não tinha saudades nem alimentava curiosidade sobre aquilo em que se tornara. Passara-me tudo, completamente. Não previ que, a partir do momento em que lhe facultasse os meus contactos, pudesse recomeçar a ser alvo da sua constante solicitação, sobretudo via telefone. Não tinha vontade de a ouvir falar sobre o que não me interessava e não havia nada que desejasse contar-lhe. Como é que a Tony não compreendia, nem que fosse pelas minhas pausas e silêncios telefónicos, que tínhamos desenvolvido interesses e vidas completamente diferentes?! Que estávamos acabadas uma para a outra?! Pus a mamã a atender, alegando que eu não estava em casa. Foi fácil. A mamã não viu na minha atitude nada de estranho, porque não acreditava em amigas.

A Tony tentou a via da correspondência. Passei a receber cartas pejadas de informação e fotos tiradas aqui e ali, sempre maravilhosa. Continuava a querer incluir-me na sua vida à força. Eu ia lendo as cartas de viés, respondendo pouco e mal ou ignorando. A certa altura deixei de responder. Não estava para fazer mais fretes.

Pouco tempo depois a mamã recebeu um telefonema no qual a Tony se impunha, marcando dia e hora em que apareceria para me visitar. A mamã disse-lhe que sim, claro, com certeza, não imaginando que nada havia sido previamente combinado comigo.

Avisei a mamã de que não estaria em casa nesse dia e hora. Não estava para a receber. Era num sábado, não tinha que ir à faculdade nem à rádio e o David estaria ocupado, mas arranjei que fazer e desapareci nessa tarde.

Fiquei na expectativa. A Tony apareceria mesmo? Quando regressei a casa a mamã fez-me o relato. A Tony tocara à campainha à hora marcada e apresentara-se com um lindo ramo de flores, que trouxera para mim. Já as tinha posto em água dentro de uma jarra de Alcobaça, na mesa da sala. Sim, eram lindas. A mamã recebera-a na sala de estar, mas passaram depois para a de jantar para tomarem chá e comer uma fatia de pão de ló de laranja, no qual a mamã era especialista. Eu sabia que a mamã era incapaz de despachar a Tony, que mesmo não a conhecendo, não tendo com ela qualquer familiaridade, a receberia com gentileza. A nobreza de caráter estava inculcada no seu temperamento, na forma como lidava com os outros, incapaz de os tratar à bruta, com palavras de pedra, como eu faço tão bem.

"Mas a Luísa não está?", perguntara a Tony desgostosa. "Eu disse que vinha hoje."

"Ela trabalha muito, e pode ser chamada a qualquer dia ou hora", justificou a mamã.

"Gostava muito que fosse madrinha da Andreia." Trazia consigo a bebé, cuja perfeição a mamã muito elogiou.

"A Luísa não tem tempo para nada que não seja trabalho. Não tem disponibilidade", tergiversou a mamã.

"Mas a Luísa é a única amiga que tenho. Que não esqueci. Não sei por que me põe à distância."

A mamã mentiu e disse a verdade, tudo junto. "Não é bem à distância. É que tem muito trabalho, sabe. Muito trabalho mesmo. Trabalha na escola e na rádio. Só vem a casa dormir. E como não teve irmãos, não se habituou a lidar com gente. A Luísa é assim, tem de a desculpar."

"Tenho tanta pena, tanta pena. A Luísa desligou-se de mim. Perdeu a amizade. Pôs-me a milhas. Após o batizado sigo para Angola e gostaria de pelo menos me despedir dela."

"Ah, vai para Angola? E não tem medo, com a complicação que por lá está?", perguntou a mamã, desviando a conversa de mim.

Lembro-me de ter comentado com a mamã, após o relato, "achas normal que uma rapariga íntima do John Travolta e do Emerson Fittipaldi só me tenha a mim para madrinha da filha?! Não achas que se está a subestimar um bocado?!". O papá ouviu e riu-se. A mamã respondeu que "as pessoas têm vidas complicadas".

"Que tenham, mas são suas. Não atrasem a minha", exclamei.

Há pessoas como a Tony, que entram na nossa vida por uma porta e não encontram a saída, embora nos conviesse que desaparecessem e se deixassem esquecer. Muitos anos depois aventamos explicações. Tudo bem espremido, percebe-se que não desapareceram mais cedo porque fomos nós que as desejámos manter. Temos o grande poder de guardar ou largar, embora nos tenhamos tornado especialistas em delegar o veneno da posse em culpa alheia.

A Tony voltou a escrever de Angola nos anos 90, no limbo pós David. Não lhe respondi. Não tinha vontade nem estava capaz de o fazer. Não voltei a saber dela. Tenho o pressentimento de que terá sido assassinada numa picada nos arredores de Luanda, por bandidos armados, pelos partidários do MPLA ou da Unita. Sempre senti que a Tony era daquelas pessoas talhadas para morrer cedo.

Quando eu era pequena a mamã dizia-me, "és esquerda, és judia". Eu gostava da mãe que me acossava, me tratava aos repelões, como um bicho que tem de ser domesticado. Gostava porque sim. Era a nossa guerra, o nosso amor ácido. Fazia a minha parte desobedecendo, ignorando proibições e regras, sendo esquerda, judia e tudo o que esperava de mim, não o desejando para mim. A partir do momento em que as Torres Gémeas e o papá implodiram, ou seja, em 2001, eu e a mamã ficámos presas nas nossas particulares cadeias de sangue e tempo, empedernidas nos nossos gumes, conhecendo-nos carnivoramente e incapazes de parar a luta. Não queremos viver assim, mas não sabemos viver de outra forma.

Sou adulta e a mamã diz, "não te cases, menina, os homens são putanheiros". Diz, "isso dos filhos é mais um sonho teu: só dão trabalho, despesas, e preocupação, e com a tua idade já não terias paciência". Diz, "não vistas a blusa branca; engorda-te mais. As saias não te favorecem. Que creme andas a pôr na cara? Estás com a pele numa miséria. Experimenta o creme Benamôr, que uso desde nova. Aclara a pele e tira as manchas. Ganhavas em passar uma pintura leve, uma base, um pó de arroz, um *blush*. Antigamente usavas um batonzinho, agora nem isso". Pergunta se a menina lavou o carro, se entregou o IRS, se pagou o IMI, o seguro, se liquidou as quotas do condomínio e a mensalidade da mulher-a-dias, que por sua vez tem feito o serviço que lhe cabe, porque a casa tem de estar arrumada e decente para apresentar a quem chegue. A mamã tem o controlo e o poder.

"Eu, se fosse a ti, ia pentear-me, Maria Luísa", aconselha.

"Já fui", respondo-lhe cansada.

"Não parece. Tens o cabelo todo em pé."

"Acabei de me pentear, mãe!"

"Mas vais para a rua com o cabelo nesse estado?!", indigna-se.

"Porquê não me deixas?! A polícia prende-me?!", irrito-me eu.

"Pareces uma maluca. Devias usar uma laca que te segurasse o cabelo, que é tão fino. É uma ponta para cada lado. Isso não tem jeito nenhum. Se fosse a ti cortava-o bem curtinho e deixava uma franjinha. A franja sempre te ficou bem."

Suspiro. Desisto.

Pergunto-lhe, "tomaste o Lasix de manhã?".

Não responde, como se lhe tivesse falado numa língua estrangeira.

"Hoje de manhã tomaste o diurético?"

Continua sem responder. Está surda ou faz que não ouve. Repito mais alto, quase gritando, sem paciência. "Mãe, tomaste hoje o remédio para mijar?"

"Tomei, tomei. Logo de manhã. Sempre. Todos os dias. Desde que o doutor Paulino mo receitou pela primeira vez. Nunca falha. Sempre de manhã. O comprimido pequenino?! Tomei. Nunca me esqueço. Oh, há anos! O doutor Paulino é um grande médico. Pois, ele é que mo receitou. O doutor tinha aquele bigode muito farfalhudo. Primeiro não gostava nada dele. Depois habituei-me."

"Serve para veres que as pessoas estão para além do que aparentam", ajuízo eu.

Ignora-me e continua. "Foi ele quem mo receitou, já nem sei há quantos anos. É um comprimido que nunca esqueço. Dou-me muito bem com ele. É o segundo que tomo. O primeiro é o do estômago, depois esse, a cortisona e o do coração. Logo de manhã. É o que me vale. Ai de mim se não os tomasse! Quem me vale é o doutor Paulino. Tomei, pois tomei. Agora o pior é os intestinos. O laxante já não resulta. Precisava que me trouxesses kiwis. Isso é que podia ajudar-me a descarregar."

Tem dores em todos os ossos do corpo, no fígado, no estômago, nos intestinos e na cabeça. Não vê bem e ouve cada vez pior. Tem sonhos horríveis com corvos, ovos e penas, e tudo dá azar. "Penas trazem penas." Reza e benze-se. Ouço a ladainha ao longo do dia. Não consegue andar. Perdeu o apetite. Come pouco. Acabou de saborear uma pescadinha cozida com batatas e cenouras. "Grande petisco, mas agora já nada me sabe bem; se fosse antigamente..." Pousa os talheres e pronuncia um sonoro e muito bem articulado, "pronto, *finish*".

Lavo-lhe a dentadura, dou-lhe a sopa, o segundo prato, a sobremesa, faço-lhe o chá, o lanche e o jantar, pergunto-lhe o enredo das novelas, o teor do sermão do padre na missa, peço-lhe a lista dos almoços da semana, escuto pela milésima vez a lista dos achaques que a atormentam, conto-lhe histórias inofensivas: fechou aquele restaurante, fiz a mamografia, mas ainda não a fui buscar, a seca vai longa, não chove, o frio. Corto-lhe as unhas e o cabelo. Falo calmamente, como se tudo corresse sobre rodas bem oleadas, porque a mamã é uma criança com birras, que merece ser poupada. Ela acredita em mim. Não o diz, mas eu sei.

Tento que me dê descanso, uma folga, a possibilidade de viver a minha vida. Digo, "estou muito constipada. Mal consigo abrir os olhos hoje, mãe, dói-me a cabeça e o corpo...". Logo me responde, "ora, deixa-me cá. Estive para nem me levantar. É que nem me conseguia vestir. Se tivesses as dores que tenho nos braços e na coluna, até chegar à cabeça... parecem facas a espetar-se. Já tomei dois Voltaren, mas faz-me um mal ao estômago! Tens de me trazer mais Omeprazol. O fígado também não anda grande coisa; sinto umas picadas. Depois é os intestinos, tu já sabes, sempre o mesmo problema. Tens que ir à farmácia que me indicou a dona Luciana e perguntar se tem um medicamento novo cujo nome me há de mandar. É que não há nada, nada que me esvazie os intestinos, até tenho a barriga dura, carrega aqui! E com isto tudo não dormi nada".

O mundo existe para a servir. Tão insuportável! Tem escaras no tornozelo e na anca, do lado direito do corpo, que ando a tratar com Betadine e pomadas. Gosto dela. Não a suporto. Quando morrer não me resta mais ninguém. Nunca mais morre. Não morras.

"Quando eu morrer não terás mais ninguém." O papá não disse o mesmo ou estarei equivocada? "Quando eu morrer vais sentir a minha falta."

Chego da escola. Tem fome. Cozinho à pressa. Dei-lhe a carne inteira e devia tê-la desfiado, por causa dos dentes. Por que fiz a canja de arroz e não de massa? Reclama que a sopa está espessa ou rala demais. A embalagem do Diltiazem não é igual às anteriores, portanto o medicamento é diferente e não faz o mesmo efeito. A tensão anda descontrolada por causa do aperto na aorta. Precisa do Cholagutt gotas. Urgente. Ainda tem um frasco, mas só dá para duas ou três semanas. Ralho, "tu não tens consciência do que é a minha vida nem respeito por mim nem pelo meu esforço. Mãe, tu não tens pena de mim, só dos outros". Digo-o, arrependo-me e sento-me no sofá, respirando e pensando que eu e o papá não tivemos pena dela. Foi a nossa escrava incondicional, sem folga todos os dias que viveu. E apesar de tudo continuo a querer dar-lhe a ilusão de que sou uma filha como as outras, como penso que deseja. Perceberá que sou apenas eu? Que não sendo como as outras, sou outra. Tem calor. Tiro-lhe a manta. Tem frio. Atiro-lhe com ela. Peço-lhe desculpa. Penso, "vai-te embora, se o teu corpo acabou. Deixa-me agora viver. Espera, não vás. Espera um pouco mais. Aguenta-te. Aguentas-te? Quanto tempo me vais sacrificar ainda? Não sei viver sem ti. Vai. Sobrevivemos todos uns aos outros".

E a mamã morreu mesmo, sem conseguir o feito de entrar docilmente na noite serena e odiando a luz que começava a morrer. Como a entendo! Que difícil será desistir, deixar para trás, libertar o peso que queremos manter porque esteve connosco e nos matou e amparou no mesmo minuto, porque tudo é o que é e o seu contrário. Como é que se abdica da vida?!

Era para lhe ter pedido uns conselhos na véspera à noite, mas já era tarde. A conversa fica adiada para um sonho futuro. Não lhe dei o beijo de boas noites. Há um dia em que todas as noites acabam.

Tenho-a sepultada em campa rasa no cemitério de Vale de Flores, em Feijó, com uma tabuleta de metal negro onde pintaram um 880 a tinta branca. Talhão B, campa 880. A mamã deixou de ser um nome associado a uma data de nascimento, filha de fulana e sicrano, nascida na freguesia tal, de determinado concelho do país. Pesa-me, porque a mamã nunca foi uma combinação de números. A mamã atravessou vidas e oceanos. A mamã rasgou o véu da existência e inscreveu-se nela, para sempre. Um número?!

Preciso de comprar uma lápide para a mamã, para que ela veja, de onde está, que me aguento sozinha, apesar da sua ausência, que pode orgulhar-se de mim pelos séculos dos séculos. Mas o orgulho tem de esperar. Os cortes no salário, os impostos e a sobretaxa do IRS mal me deixam respirar. Dá para viver, não para despesas adicionais. A prima Fá emprestou-me o valor do funeral. Se a mamã soubesse, meu Deus, se ela soubesse! Ainda bem que se foi.

Duzentos euros é o valor da lápide retangular, lisa, branca, onde pretendo que inscrevam o seu nome, data de nascimento e morte, e a frase que lhe redigi durante a vigilância de um exame de física e química, enquanto pensava numa formulação de Einstein a propósito de montanhas-russas e a desaceleração de um corpo em movimento. Para além dos duzentos euros, são mais vinte para o coveiro que arranjará a lápide a colocar sobre a campa. Duzentos e vinte euros é muito dinheiro, e todos os meses existem as contas cujo pagamento a mamã controlava: sempre o IMI, o selo do carro, o IRS, dois pneus e um farolim, quatro operações aos olhos, óculos para ver ao perto, ao longe e progressivos, o condomínio, o veterinário, o ouro no penhor, a devolução de empréstimos aos familiares e amigos gentis. Não me recordo quanto custou o ossário onde depositaram os restos do papá, juntamente com os da avó Maria Josefa. Paguei-o a pronto. Nesse tempo conseguia-se pagar a pronto um armário para guardar a morte; neste, é difícil mantermo-nos vivos. Felizmente só dentro de cinco anos me enviarão a carta para o levantamento das ossadas da mamã. Tenho cinco anos para arranjar dinheiro para um segundo ossário. Depois há de sobrar um lugar na gaveta e podem meter os meus ossos ao lado dos seus. Daqui a muitos anos, quando o português do Brasil já for oficialmente outra língua. É pena não podermos ficar todos juntos, a avó Josefa, o papá, a mamã e eu. Todos juntinhos sempre de acordo, no maior dos amores. Ah, isso é que era!

E eis a oportunidade da lápide da mamã: a ADSE devolveu-me a comparticipação de uns óculos e dirijo-me ao homem das lápides. É já. O dinheiro nunca aquece lugar. Já antes tínhamos conversado sobre os custos e aspeto da pedra. Passei-lhe para a mão uma folha A5 na qual tinha manuscrito o que pretendia que ficasse gravado a negro sobre mármore branco, com caligrafia de escola primária, para não haver enganos. O nome completo da mamã, a sua data de nascimento e morte, e duas frases da minha autoria. O homem lê-as alto, na minha presença, e sinto-me envergonhada. São frases privadas com destino público. Mas privadas. Não quero ouvi-las. São só minhas e dela, no silêncio. Foi como se o homem lesse alto um recadinho que eu tivesse escrito para a mamã, um assunto de mãe e filha, só nosso. Mas leu e disse, "pois, muito bem".

Perguntou, "não quer acrescentar nada?". Respondi que não.

"Não quer pôr 'À memória de', antes do nome dela?"

"Não."

"E um 'Descansa em paz'?"

"Também não! É só o que escrevi nessa folha! Tenho a certeza de que a minha mãe está finalmente a descansar no maior dos sossegos."

"Certo, certo", respondeu. Depois olhou para a fotografia da mamã e disse, "acho que conhecia esta senhora...". Encolhi os ombros. "Há tantas senhoras parecidas." E o homem não insistiu. A minha mãe era por essência uma "senhora parecida". Não se destacava entre os outros. Era uma suavidade sem insistência. Sabia esperar, não ofender, não magoar ninguém. Conhecia os factos futuros antes de acontecerem, como se já tivesse vivido a mesma situação. Eu nunca fui como a mamã. Não aprendi a contentar-me em ser nada.

Quando a mamã morreu desmontei a sala de jantar e transformei-a no quarto império. No espaço enorme, armazeno as mobílias e objetos do caixote de retornados, aos quais espero dar destino. O quarto império é o caixote que veio de Moçambique, pronto a partir para o mundo. Quero dar e vender a amigos tudo o que encerra. Pretendo que os objetos que não suporto encarar fiquem bem entregues; que alguém possa dar valor ao espólio que a mamã se sacrificou a trazer para nós, sobretudo para mim, para o meu bem, e que sempre detestei, por ser tão má filha, tão má pessoa, tão torta, tão arrogante, egocêntrica e narcísica.

Guardo alguma estatuária que terá sido esculpida por negros esfomeados a troco de escudos do ultramar ou meticais. Medito, "recorda, Maria Luísa, recorda. Tu também foste isto". Guardo peças pequenas. Guardo o que tem serventia e me liga ao que se perdeu, essa falta que estará junto de mim no momento em que voltarei a encontrar o papá e a mamã e poderemos então perdoar-nos entre beijos doces e abraços violentos.

Peço ao Leonel, que agora vive com um enfermeiro, que venha ajudar-me com a mobília da mamã. Pretendo arrastar para o quarto império todos os móveis que se encontram na sala de estar, no meu quarto e no seu, acrescentando-a aos que já aí pertenciam. O quarto império tornou-se um saco atulhado de memórias sólidas, apertadas até à boca. Deixou de ser possível circular. Pedi aos amigos que aceitassem mobiliário. "Levem. Levem." Levaram. A mobília do caixote de retornados encontra-se espalhada pelo Alentejo e pela Galiza. É a península Ibérica quase toda, de Norte a Sul. A cama da mamã foi para o Alentejo. Que nela se façam muitos filhos, por quem puder tê-los. Serão também meus. As arcas, mesas e espelhos seguiram para a Galiza, onde estão a ser usados por quem lhes dá valor, e por isso estou feliz. Também destruí móveis que ninguém quis. Atirei-os ao lixo. Há um dia em que morremos, e se eu hei de ser pó, contra a vontade, que moral me impede de estraçalhar um roupeiro, mesmo que a mamã tenha vendido a dignidade para o trazer para a metrópole?

A sala de jantar é o armazém de artérias, ADN e sinapses que nos ligam e atravessam. A mamã e eu. O papá e eu. O papá, a mamã e eu. Eu e os cães. O papá, eu e os cães. O papá, a mamã,

eu e os cães. Eu e os cães. Todos a passear num Opel Corsa azul-
-escuro. O papá à frente, no lugar do pendura. Sorri com a boca
ao lado por causa do AVC. A cadeira de rodas na bagageira, pesa-
díssima, marcando-me os braços e as pernas com nódoas negras
nas quais nem reparo. Só eu sei encaixá-la e retirá-la da bagageira pequena, e ninguém mais. Há um truque que aprendi. Eu
a refilar com a mamã por algum motivo que não merece tanta
raiva, mas que não controlo, como se fosse o início do fim do
mundo. Os cães como lenitivo, sem o que tudo o resto seria ir-
realizável. Os cães que abraço depois de carregar o papá, depois de refilar com a mamã. Os cães com o focinho húmido. Os
cães macios cuja pelagem conheço pelo tato e chamo nos sonhos. Eles, todos juntos, ou à vez, como uma gigantesca pedra
inamovível, que não consigo empurrar para fora do meu purga-
tório. E inclino-me frente ao retrato de ambos, numa parede do
quarto império, onde não consigo entrar, rezando pelas suas almas tão grandiosas, melhores do que a minha, sôfrega de vida,
agradecendo a força e a resistência do corpo que me concede-
ram e se profanou quando e porque quis, e relembrando o raro
elogio da mamã, articulado na sua voz muito serena, "tu tens
força, Maria Luísa, tu sempre tiveste tanta força!".

Casa de banho

Situada entre a sala de jantar e a sala de estar. Composta pelo conjunto sanitário comum a qualquer casa de banho.

Aldo Moro foi assassinado no final da primavera de 1978 e esse outono avançou quentíssimo. Nesse ano o papá internou-me no colégio e conheci a Tony.

Segundo o regulamento, as prefeitas acordam-nos às seis da manhã para nos encaminharmos para o balneário. E assim é. Vamo-nos levantando devagar, entorpecidas pelo sono, expulsas do lugar doce onde se morre em paz. No balneário há filas de chuveiros, lavatórios e bidés sem privacidade. Só as retretes possuem divisórias que nos mantêm protegidas do permanente olhar alheio.

As primeiras internas a largar a cama, as mais corajosas nessa difícil arte para a qual é preciso ter nascido com talento, conseguem água quente para o banho. As restantes beneficiam das virtudes terapêuticas da água gelada. As prefeitas dizem-nos que enrija. Nunca teremos rugas. Pele de aço. O cilindro termoacumulador de cinquenta litros não tem capacidade para fornecer água quente a um tão elevado número de alunas internas, num horário de lavagens tão apertado. As primeiras três raparigas tomam o seu duche e esgotam a capacidade. Resta enchermos lavatórios e bidés com água fria para fazer a higiene diária. A maior parte das alunas circula nua ou seminua, exibindo a esplendorosa nudez adolescente pelo balneário. Eu sei que não posso fazê-lo. Tenho adolescência, o resto é a vergonha das mamas volumosas, dos pneus da cintura e das coxas grossas. Não consigo despir-me junto delas, mostrar-me. Não quero enfrentar olhares críticos, ser alvo da mofa e da crueldade de umas e dos conselhos de outras sobre cremes e sabonetes para adelgaçar a cintura e as pernas e diminuir o tamanho das mamas, que, apesar de tudo, acabo por encomendar, escrevendo para a morada do anúncio que vi na *Crónica Feminina*. Protejo-me com o treino adquirido. A exposição no balneário é uma tortura. A Tony explica que "há mulheres que fazem operações para diminuir as mamas". A Tony aconselha, "Tens de te deitar no chão e fazer bicicletas e abdominais".

Engendro forma de me lavar sem expor o corpo: encho uma bacia de plástico com água fria e escondo-me no compartimento da retrete, onde me lavo como posso. Com a mesma água ensaboo a cara, esfrego os dentes, depois passo para as axilas, o sexo e os pés. Por esta ordem. As restantes raparigas notam a ausência. Não me veem na linha de lavatórios. As mais perspicazes percebem os meus gestos quase clandestinos. Encher a bacia, entrar na retrete, sair da retrete. Começam a falar. Troçam quando passo. Nas minhas costas sou alvo de chacota. Sou a porca. A menina querida do senhor diretor não se lava. A fama corre e chega à prefeita. Sou chamada e explico o meu comportamento. A prefeita escuta-me sem emitir juízo. Digo a verdade sem encobrimento. A verdade toda. Tenho vergonha de mostrar o meu corpo. Não suporto ser gozada. Não tenho vergonha de o confessar a uma mulher mais velha, que poderia ser minha mãe ou avó. É a única que pode entender-me. Responde, sem afeto nem comiseração, que faça como entender desde que me lave. "Sim, lavo-me sempre", garanto. O senhor diretor toma conhecimento do assunto e promete mudar-me para uma camarata mais pequena, de apenas quatro camas, servida por uma casa de banho que, embora comum, é mais privada, com sanita, bidé e dois lavatórios.

Um mês mais tarde sou transferida de camarata e a Tony segue comigo, como bagagem adquirida. Dou início ao ritual matinal de ser a primeira a levantar-me quando a prefeita dá a alvorada. Pego nas bacias, que guardo debaixo da cama, dirijo-me para a nossa casa de banho, encho-as com água do cilindro enquanto está quente, e acautelo-as num canto dessa divisão protegendo-as com tampos de cadeiras que se foram partindo na sala de convívio. O desembaraço garante-me o direito à água quente, de acordo com a ética de quem se levanta primeiro. Assim posso regressar à cama por mais uma hora, altura em que acordo a Tony, nos lavamos em conjunto, escondo do seu olhar as minhas mamas feias, com os braços e a toalha perto das mãos, e vejo as suas, que mostra muito, empinando o tórax. Vestimo-nos rapidamente e seguimos para a fila do pequeno-almoço.

A mamã também nunca gostou de mostrar o corpo. Vestir o fato de banho era uma tortura que o papá a fazia sofrer sempre que anunciava ser dia de praia. Detestava o seu corpo. Era magra, mas detestava-se. Nunca mo disse nem precisei que o dissesse. Há atitudes que dispensam palavras.

Neste tempo tão próximo da sua morte é obrigada a deixar-se ver. Alguém tem de a lavar, vestir, curar, cuidar. A mamã mal se mexe. Perdeu a capacidade de caminhar sozinha até à casa de banho. O coração não permite. Nem os ossos. No inverno tudo piora. Sento-a num banco dentro da banheira. Molho-lhe o corpo com o chuveiro manual. Passo-lhe para a mão o sabonete Alfazema de Portugal, seu preferido. Ela ensaboa-se à frente. Eu trato das costas, pernas e pés. Enxaguo-a para retirar a espuma e termino o banho com água bem quentinha.

"Vamos sair daí?", sugiro.

"Vamos, menina. Com cuidado, para não cair. Custa-me muito levantar a perna direita. Tapa-me bem. Está frio." Demonstra tanto contentamento com o cuidado que lhe dedico que me comove. Do berço ao caixão precisamos de quem olhe por nós, nos guie e nos escute.

Cubro-lhe os ombros com uma toalha turca do seu enxoval, que já herdei. Ajudo-a a sair da banheira. Sento-a num banco frente ao espelho, enquanto lhe visto a camisola interior fina, a camisola interior grossa, as cuecas, as meias, a blusa e as calças do pijama. Por fim, o casaquinho de quarto.

"Tens frio?", pergunto.

"Um bocado." A resposta habitual.

Tem a pele muito fina e seca, quebradiça, e as costas dobradas incorrigivelmente; na anca e pé direito as escaras que custam a cicatrizar.

"Agarra as mangas do pijama, para não ficarem dentro do casaco", peço.

"Era o que te dizia quando eras garota, segura as mangas, Maria Luísa, segura as mangas. E tu, fazendo ouvidos de mercador, torta que nem uma árvore batida pela constante orientação do mesmo vento, sabendo que iam subir e dar uma trabalheira a puxar, mas não te apetecia. Nunca fazias o que te pedia."

"Mas faz tu agora", respondo, limpando-a. "Tu não és como eu. És melhor."

Sim, tenho essa ideia vaga. Eu, muito pequena, à sua mercê, frágil, contrariada, sendo não mais que a sua vontade. Enquanto procura o buraco da manga do casaco, observo o nosso reflexo no espelho. Vejo-nos. Contemplo-nos. Eu a vesti-la, adulta, cheia de força. Ela, velha, frágil agora, torcida, casa de onde saí, agora à minha mercê, como se trocássemos de identidade. Não sou apenas eu. Vejo-me ela, antes. Eu sou a mamã. Vejo-a em mim nesse tempo. E, por respeito, desvio os olhos do seu reflexo que também sou. Da unidade separada na qual estamos obrigadas a viver. Nasci tarde na sua vida e não fui amamentada a peito porque o seu leite não continha substância. Sempre tive a fixação das suas mamas, como se as minhas não me bastassem. Continuo a sentir vontade de lhas beijar. As mamas velhas da minha mãe, tão brancas, tão bonitas! Quanto as beijaria! Como enfiaria nelas o meu nariz inoportuno, para lhes respirar o cheiro morno da carne, da minha carne, mas perfeita.

No quarto da mamã, pintado a azul-claro, tanto em Lourenço Marques como em Almada, existe uma cadeira de pau-preto estofada a napa branca na qual me sento para assistir, hipnotizada, ao espetáculo de vê-la vestir-se e despir-se: ergue com a mão e o antebraço direito o volume do peito e ajeita-o dentro das caixas do sutiã. Não digo uma palavra, para que se mantenha distraída da minha atenção; quando se despe vejo cair o mágico peito. As mamas branquíssimas e rosa ficam suspensas por segundos, volumosas, só fruta madura. Julgo que emanam um rasto de seiva, de humidade fêmea. O corpo da minha mãe é o grande mistério; para o desvendar explorei cedo o meu. Para compreender o dialeto da carne, esmaguei as mamas com as mãos, belisquei os mamilos com força. Desenhei a sua forma curva com as pontas dos dedos, arrepiando-os. Refocilei na lama do meu corpo, sem cansaço, e aprendi-o com louvor e distinção, portanto, ei-lo: comei da minha carne. Tomai e bebei do cálice do meu sangue.

E nunca toquei as mamas da mamã. Deito-a agora na cama. Deixa-se ficar em posição fetal sobre o lado direito, com o ziguezague do corpo marcado no colchão, que ainda é o do tempo do papá. Aconchego-a com o lençol e os cobertores.

"Estás bem? Estás quentinha?" Tenho a certeza de que sim.

"Estou bem. Deixa-te estar comigo. Baixa-me a televisão."

"Não posso, tenho de me deitar. Levanto-me cedo amanhã, mãe."

"Vai, então. Vai, menina."

Dispo a seguir as roupas que escondem o meu amado corpo feio, esfacelado, ainda sem escaras, mas tão destruído pela fome quanto pela saciedade. Os restos escaqueirados do corpo desejado e negado. Visto o pijama. Tomo a benzodiazepina genérica. Há sempre um novo dia. Amanhã.

Neguei o meu corpo ao David uma vez.

O nosso namoro foi piorando desde que me proibiu de o visitar. O grupo. Os colegas. Ser aceite. Escolhera-os a eles. Só namoradas que os amigos aprovassem e lhe garantissem um lugar no Olimpo da fama de macho. A sua vergonha de mim impunha-se como uma ferida impossível de sarar, constantemente esmagada pela confessada rejeição, que era a dos outros, mais que sua, e encerrava um preconceito que o amor teria de transpor ou não existiria, segundo as minhas convicções. Naquele tempo não estava ainda nas minhas mãos esquecer nem perdoar-lhe. Era cedo demais. O David não sabia que a sua vergonha não implicava apenas a sua rejeição, mas a de toda a cultura que nos envolvia através dele. As palavras dos amigos, que representavam todos os homens, valiam mais para si que a nossa união, o nosso riso. Eu não sabia como reagir a não ser negando-me, afastando e atacando quando pudesse, debatendo-me como um bicho acossado. Ambos éramos bodes expiatórios e executores. Ele validava o preconceito com a sua inocente vergonha e eu validava-o ao valorizá-la. Olhar o David evocava a realidade. Todo esse discurso confirmava a minha impossibilidade de inclusão no mundo feminino. Eu não era uma mulher, mas uma massa disforme de carne sem valor.

O David amava-me e rejeitava-me sem distinção. "Adoro o peso das tuas mamas", e sentia-lhes o peso. "Adoro o volume da tua barriga", e lambia-a. "Deixa-me morder este naco da tua coxa", e mordia. "Não vás a minha casa. Os meus amigos gozam-me por tua causa." E eu não ia. O meu corpo não servia ao David nem a ninguém. Não valia a pena ter ilusões sobre a forma como tudo o que nasce sobre a terra merece digno destino. Se eu não servia para o David não serviria para ninguém nesta vida. E se o meu corpo não servia, nada mais do que eu era poderia aproveitar-se, nem eu o permitiria; portanto restava afastar-me do que me repelia.

Tornei-me dura com ele. Implacável. Feria-o a cada oportunidade. Perguntava-lhe, "vens com a gorda ou preferes ir com pessoas normais?". Dizia-lhe, "vai andando; eu sigo atrás de ti para não sentires a vergonha de andar com uma gorda ao lado. Faz de conta que não nos conhecemos".

Tornou-se duro comigo. Acabávamos e recomeçávamos sem explicações nem perdões. Maltratávamo-nos à sexta e à segunda esmagávamo-nos com as mãos urgentes contra os placards publicitários da estação de Cacilhas, aflitos com a possibilidade do ponto final que nenhum de nós desejava, porque, sabíamos, a vida sem o outro não era possível. Ele queria-me. Eu não lhe chegava. Eu queria-o. O Narciso em mim afogara-se em orgulho e na expectativa gorada.

Acabámos no final do ano letivo, em 88, e fui de férias com a tenda e a mochila, como era habitual fazermos nessa época. Por uma questão de fraca economia, o David não tinha oportunidade de viajar no verão comigo e outros amigos. Nos meses de férias ele talvez conseguisse verba para comprar o passe mais caro, o que dava para chegar à Costa da Caparica, e um ou outro bilhete de autocarro para Sesimbra. Ficava o verão feito. Dependia do orçamento dos pais, que não colaboravam com o direito ao lazer do filho único, acompanhado pela namorada calmeirona e demasiado senhora de si. Trabalharam toda a vida sem direito a férias, economizando sensatamente para a velhice e para o futuro do seu menino-prodígio, que haveria de ter direito às oportunidades que a pobreza anteriormente lhes negara. Não eram do tempo dos lazeres nem compreendiam direitos tão acessórios. Trabalhar nas férias, nas obras, como servente, para fazer dinheiro com que comprar calças e camisas o resto do ano, isso sim, ajudava a economia familiar e favorecia o núcleo.

Fazíamos amor na água e na mata. O desejo rachava-nos totalmente. Queríamo-nos muito e havia muito sexo. O meu, o dele e o nosso, que ganhava uma força bruta universal. Mas não pudemos conhecer juntos a beleza das árvores frondosas do estio nem o sabor negro-agreste das amoras nas silvas. Nas férias da Páscoa conseguíamos ir de comboio para os *bungalows* de São Jacinto, entre a ria e o oceano, propriedade de um luso-francês que uma amiga recomendara. Passeávamos, dormíamos, líamos e fodíamos no *bungalow* e nas dunas, não querendo saber do mundo. Não havia ninguém na praia, no inverno. Um ou outro estrangeiro e mais nada. Éramos tão inocentes e animais como o cão sem dono a que tirámos fotos a caminho da praia. Um pastor-alemão magro e dócil, com o focinho cheio de areia. Limpámo-lo. Cuidámos dele enquanto por lá estivemos, e partimos imaginando que outros como nós olhariam pelo animal desprotegido. Não nos fotografámos em São Jacinto. Fotografámo-nos em Évora, a preto e branco, sorrindo um para o outro de braços abertos, num setembro. Éramos bonitos e ficávamos bem de qualquer forma. Apanhámos o autocarro no centro-sul. Choveu. Divertimo-nos. Eu comprei um tabuleiro de madeira para a mamã, com o qual tentei amaciar a sua contrariedade com a minha breve lua de mel não oficial e clandestina. Como férias, chegava.

Antes das férias de verão, em 88, eu tinha-o visto namoriscar uma colega de Queluz, ou Massamá, ou Mem Martins, um desses lugares parecidos com a Margem Sul, que lhe pedira para pintar a casa dos pais emigrados. Tinha fama na turma. Os colegas consideravam-na gira. Pintar a casa era um pretexto.

Não era pelo biscate legítimo, mas pelo *flirt*. Não gostei. Era coisa que não podia tolerar que se fizesse nas minhas barbas.

"Hás de ver quem se sai daqui a rir", pensei, e fui de férias. "Hás de ver", repetia com raiva, no centro de lava do meu cérebro, quando pensava nele, e pensava constantemente. "Hás de voltar com o rabinho entre as pernas, porque não vives sem o meu arroubo, sem o calor da minha barriga." Larguei-o e parti de mochila às costas para lugares onde encontraria árvores frondosas e amoras gordas.

O guia de parques de campismo fez-me desembocar numa aldeia minhota perdida entre montes, floresta e nascentes de água natural que brotava das rochas na berma da estrada. O jardim do éden. Na segunda noite, no café-restaurante do parque, a minha facilidade em línguas levou-me a travar conhecimento com o camone que, na mesa ao lado, pedia chá sem conseguir fazer-se entender. "*Black tea*", explicava ele, e o empregado respondia, "sai um cafezinho, não é?!". Interferi, facilitando a comunicação. O camone chamava-se Nigel e arrastava a sua própria história de amor contrariado. Contou-ma. Comovi-me.

Vivia nas imediações de Londres, desde que saíra da Nova Zelândia com o objetivo de disseminar uma seita da Nova Era, integrando os contingentes em Inglaterra. Viajara para o norte de Portugal decidido a procurar a namorada que desaparecera sem explicações, após discussão. Ela não estava tão envolvida na espiritualidade quanto ele. A rapariga era rebelde e ainda vivia com muitas teias de aranha na cabeça e lágrimas nos olhos. Ele já não. Tudo o que ele sabia, e de fonte incerta, é que a sua Margaret estaria pelo Minho. Era aí que estávamos, mas não o enganei. Expliquei-lhe que o Minho, parecendo pequeno, era um lugar grande demais para se achar alguém sem morada. Embora tivesse já percebido, Nigel persistia buscando a sua metade, de parque em parque. Nessa noite jantámos bem, e após o *black tea* conversámos muito, bebemos aguardente e *brandy* até às duas da manhã, hora a que o café-restaurante encerrou e tivemos de sair. Estava fresco. Arrepiei-me. Havia névoa cerrada à nossa volta. Escutava-se o rumor deslizante da massa de água do rio a embater nos ramos da margem, o borbulhar da corrente e gotas que pingavam em nascentes ao redor. O ar estava impregnado de água e Nigel sugeriu que dormíssemos na mesma tenda para nos mantermos quentes e confortáveis. Respondi que nem pensar. Era a minha instintiva estratégia de defesa do território. Não. Sempre não. Mas pelo meio dos vapores alcoólicos pensei no David, e encontrei graça na situação. E vingança. O neozelandês era uma estampa de homem, a madrugada de agosto ia mesmo húmida, fria, dois sacos-cama juntos aqueciam melhor, e quem podia garantir-me que a proposta fosse desonesta?!

O homem tinha uma personalidade magnética e excessiva que me atraía. Nessa manhã, ao acordar, rapara o cabelo à gilete, sem espelho, pelo tato, porque almejava um renascimento simbólico, enquanto procurava a Margaret causadora do seu desgosto. A cabeça apresentava lanhos cuja linha de sangue seco esboçava desenhos na pele muito clara do crânio. Metia dó. Eu tinha a minha inclinação romântica. Pensei na poesia, sempre na poesia, e nos mundos que percorremos, vencemos e perdemos em nome do amor, embora tudo o que soubesse, apenas intuísse. Só soberba. Só luxúria e medo. Pensei nos universos que albergamos dentro de corpos tão pequenos. E houve um segundo no qual as minhas defesas abriram brecha. E tendo passado a vida debatendo-me entre o que achava correto – confiar – e o que a mamã defendia – desconfiar –, considerei que estava na hora de conceder uma hipótese à confiança. Não aconteceria nada. Era uma intuição, e as mulheres não se enganam. Nigel era um fulano de outra cultura, com a mente aberta, procurava a namorada que o abandonara, e parecia o Bon Jovi sem cabelo. A minha mente ouviu ao fundo os acordes de "Bed of Roses". Só isto. Fomos buscar o meu saco-cama e enfiámo-nos na sua tenda, muito mais espaçosa, tapando-nos, quentes, isentos de atos, não de tentações.

Nas semanas que se seguiram procurámos Margaret por todos os lugares habitados do Minho, e a certa altura demos início ao que se esperava, de manhã e também à noite, dependia do que Deus tivesse planeado para o dia, e sobretudo do bem que sabia.

O camone não parecia notar que a gorda era gorda. Nesse agosto tornei-me normal. Senti-me aconchegada. Nesse agosto quis que o David pintasse a tinta de água ou de óleo, conforme lhe pedissem, todas as paredes de Massamá e Queluz e Mem Martins, a todas as colegas de turma com o corpo da Nastassja Kinski, tanto me fazia, e que pelos intervalos as fosse fornicando em cima do papel de jornal com que forrava o *parquet* para não o salpicar de tinta. Estava farta. Que as namorasse às centenas, que fizesse por me enciumar como entendesse, que comprasse um passe para Cascais ou Sintra, para o Inferno que o carregasse, que se evaporasse da minha vida. Naquele agosto tinha o Nigel. No dia do grande incêndio do Chiado, eu e o neozelandês montáramos a tenda em São Jacinto, para onde eu o conduzira. Tínhamos feito amor pela manhã, na mesma toca entre dunas na qual eu e o David nos escondíamos. Eu seguia-lhe o rasto sem saber.

Na televisão, nesse dia, ouvi que em Lisboa o céu estava carregado de fumo, que tinha atingido também a Outra Banda e os pulmões de quem se envergonhava de mim. Bem-feito. Havia de pagá-las, pelas minhas mãos ou pelas de Deus Nosso Senhor, que nunca me falhou. Levei o Nigel a Évora, passando por Lisboa. Tirámos fotos nas mesmas ruas, dormimos no mesmo hotel, beijei-o nos mesmos sítios, sem amor, e senti um gáudio na vingança, mesclado de dor e raiva, que permanece suspenso e inconfessado através do tempo sobre a nossa união incompleta. A verdadeira. A minha e do David.

"Hás de ver, hás de ver", e nessa zanga tão imensa, nesse ciúme, sentia pena e desprezo pelo miúdo franzino, ameaço de homem que nada valia comparado ao Bon Jovi neozelandês, alto e perfeitinho, com olhos azuis e pelos da barba louro-arruivados. Haveria comparação?

Não foi um mau agosto, mas chegou ao fim. O Nigel não encontrou a namorada, apanhou a British Airways, regressou a Londres e eu a casa. Fomos mantendo o contacto à distância, por telefone e carta, coisa pouca. Ele tinha muito que fazer na seita da Nova Era, viviam todos em comunidade, com muita contemplação, muita procura de financiamentos, e o destino e a mamã, com as suas rezas mágicas quando lhe disse que era muito provável que me fosse embora para Inglaterra, quiseram que nos desapegássemos.

Pouco tempo depois as aulas na faculdade recomeçavam e eu voltaria a encarar o meu amor, namoriscando todas na minha cara, porque eu tinha de pagá-las, estava a pagá-las e era só o começo. Eu havia de ver. Havia de lixar-me tanto, de ir comer-lhe os grãozinhos de milho à mão. Eu que me evaporasse, que fosse limpar o pó para casa da tia mais velha, porque havia de voltar para ele, claro que sim, porque sabia lá eu viver sem ele, sem o seu cheiro a máquinas, a pedras e a subúrbio. Mantinha-me, contudo, muito decidida a esquecê-lo. Não lhe dar atenção. Não lhe falar. Ele sentiu a distância e acusou-a.

Telefonou para nos encontrarmos e amaciar o diferendo.

"Estava a pensar que era capaz de ser boa ideia conversarmos. Os teus pais estão?", indagou.

"Não. Estou sozinha." Os papás tinham ido para a terra, como de costume.

"Vou ter contigo. Vamos falar, resolver as coisas."

"Não quero falar contigo, David. Não quero ver-te. Não venhas." E desliguei.

Apareceu-me à porta horas depois, teimoso. Tocou. Abri com relutância. Não gosto de ser contrariada. Não suporto que me alterem planos e o que afirmo é uma sentença, portanto não planeava deixá-lo entrar.

"Diz o que tens a dizer-me. Diz depressa e vai-te embora", digo-lhe com modos bruscos.

Pressiona-me para entrar em casa e consegue-o. Agarra-me. Quer abraçar-me. Beijar-me. Vem sôfrego. Empurra-me. Resisto. Lutamos. Não o quero. Sei que não o quero. Há mágoa esfregada a seco pela minha pele. Vamos discutindo desde a porta de entrada, enquanto me empurra involuntariamente, com o ímpeto que traz, e vamos atravessando o *hall*, eu recuando, trocando palavras duras, de acusação, culpa, defesa. Diz que podemos começar do zero, como se nada tivesse sido dito e feito. "Não, não podemos", grito-lhe. "O que se diz uma vez não pode apagar-se. Nunca, ouviste?" Ele não sabe o que quer. Gosta de mim, detesta-me e o que prevalece é impercetível, incorpóreo. "O peso-pesado não esqueceu as tuas palavras no autocarro. Nunca esquecerá." Quer fazer amor comigo na confusão de acusações?! Digo-lhe que nunca mais faremos amor. "Acabou. Para sempre. Acabou mesmo. Consegues entender o que te digo?! Arranja uma namorada normal. A gorda já deu o que tinha a dar." Sou agressiva. Brutal. Tenho-lhe raiva. O David fica fora de si com as minhas palavras. Não aceita. Arrasta-me até à entrada da casa de banho, cuja porta se abre com o embate do meu corpo que segue às arrecuas, empurrado pelo seu. Continuamos discutindo. Os nossos braços são duas espadas. Caio no chão de mosaico, sob o seu impulso. Cobre-me, segura-me os pulsos com que lhe bato, tentando afastá-lo. Tem mais força do que imagino, uma força que não controlo e me supera. Beija-me e morde-me a boca e os ombros, enquanto me prende os braços com as mãos e o pontapeio com os joelhos e as pernas. Ateou-se nele um fogo de sofreguidão e desespero. Estamos nessa luta quando compreendo que tenho de desistir. Melhor deixá-lo fazer o que quer. Deseja o meu desprezível corpo que o envergonha? Use-o, então, e ponha-se a andar. Rendo-me fisicamente, deixando-me ficar estendida e sem reação, imóvel, inerte no chão da casa de banho, tolerando que coma a minha carne com a fome que o assola. Desembainha o pénis, mete-o dentro de mim e fornica sozinho.

"Queres-me. Não me queres? Tu queres-me. Diz que me queres", suplica.

Não lhe respondo. Não, não o quero. Não o quero nesse momento nem dessa maneira. Está por sua conta. É um ato solitário.

E penso, "o que vens buscar agora é o mesmo que quiseste ontem? Que homem és tu? Vai-te embora. Não preciso de ti. Tenho uma vida inteira pela frente. Não estás nela. Não te quero nela".

Ejacula, permanece sobre mim, exausto, gorgolejando ar. Abre os olhos, fita-me e percebe o que aconteceu. Foi em vão. Não me teve. Retira o pénis murcho, ainda sacolejante de dentro de mim. Liberta-se, levanta-se, encaixa o membro nas cuecas e fecha a braguilha. Eu levanto-me. Digo-lhe, "vai-te embora". Encaminho-o para a saída. Não resiste, calado. Olha-me triste. Sai. Chama o elevador. Digo-lhe, "não voltes cá". Fecho a porta. Regresso à casa de banho. Tiro as cuecas húmidas de sémen e lavo-me. Dói-me a vagina. De seguida lavo as cuecas, deito-me e não choro.

O David não voltou à casa da mamã desde este triste encontro que encerrou o ano de 88. Pouco tempo depois apareceu com a caloira da aposta. Não voltámos a encontrar-nos até 2004, quando o acaso determinou que fôssemos professores na mesma escola. Aí sim, ardemos de novo e passámos a encontrar-nos nos cafés e entre as quatro paredes da carroçaria demasiado pública dos nossos automóveis, quando terminavam as aulas e saíamos da escola ao final da tarde. Rápido. Antes de regressar ao lar. E de novo fora eu que tomara a iniciativa, que o desafiara. Eu era o motor. Ele ia porque queria, mas não sem ser chamado, puxado, como se a sua vontade fosse secundária.

Estamos a poucos dias do Natal de 2004, e ele acaba de partir e de me negar pela segunda vez. "Não é possível para nós, Luísa. Não suportaria não ter as minhas filhas nos braços todos os dias." Beijou-me com os lábios que reconheço do passado e seguiu. A boca mantém o mesmo sabor. Fiquei a vê-lo arrancar. Murmurei, sozinha e sem alento: "Volta. Tenho saudades do nosso futuro. Há de haver um tempo para nós! Espera um pouco. Basta esperar". Permaneci com o pescoço esticado, fitando o Toyota que se distanciava e ia ficando cada vez mais pequeno conforme avançava. Pensava no que perdia pela segunda vez e também numa solução para a perda. "Ainda sou nova, ainda tenho uma vida inteira. Posso encontrar outro amor, não digo o Amor, não vale a pena apontar tão alto, isso acabou, viveu-se, mas uma outra vida, um amor calmo, filhos, isso, os filhos que não tivemos." E o David tinha-me dito, "faz a tua vida, tem os teus filhos. Nós, não". Tinham sido as suas últimas palavras nesta vida. O meu cérebro rebentava. Desgosto, frustração, o que fazer, como chegar a casa, como continuar. Não conseguia raciocinar nem conduzir o carro.

Havia música nos altifalantes da rua, para entreter o consumo de Natal. O David não me ouviu murmurar, não era possível, mas mesmo que tivesse ouvido não se voltaria. O David nunca se voltava. O David escolheu não se voltar para mim, mesmo que a sua escolha o atingisse com violência. Não acreditou nem quis um tempo para os nossos beijos. Eu não. Mesmo que o seu coração e o seu corpo me quisessem. Eu não.

Disse ou pensei tudo isto no momento em que ele se afastava de mim? Não tenho a certeza. Estava demasiado transtornada. Parei na estrada para me recompor a ponto de conseguir conduzir de regresso a casa, onde descarreguei na mamã a culpa, o ressentimento, o fracasso e a mágoa que, não pertencendo ao corpo, nele doem e se refletem. A seguir espatifei-me. Adoeci, morri e ressuscitei meio ano depois. Os milagreiros existem: a santa medicina coadjuvada pela indústria farmacêutica com os seus raios azuis, amarelos ou brancos, em forma de comprimido ou cápsula. Tinha-me mantido viva e conseguia lembrar-me das palavras de David indicando-me o caminho: "Vai à tua vida, e tem os teus filhos, porque nós não".

Foi quando se iniciou o meu período fértil, tal como Picasso teve a sua fase azul ou a fase rosa. Eu tinha quarenta e um anos e precisava de engravidar rapidamente. Matutei os passos a seguir e concentrei esforços. O meu delírio teve início em junho ou julho, aí pelas três da manhã.

Vi o meu quarto encher-se de uma luz violeta, que pensei vir da televisão por desligar. Pus os óculos, assarapantada com tanto néon, e vislumbrei um anjo muito lindo, com as asas brancas e o rosto do Mark Ruffalo. Era ele a origem da luz e disse-me, com voz suave, grave, e o inglês arrastado que se lhe conhece, de sotaque indefinido e engolindo sílabas, "este ano passaste muito, mas aprendeste a ser uma boa pessoa".

"Eu?! Aprendi a ser uma boa pessoa?!" O anjo falava comigo.

"Sim, Maria Luísa, Deus está contente contigo, porque guardaste a pureza do teu coração, e, porque está contente contigo, mandou-me oferecer-te um filho."

"Um filho?! Mas és o anjo da Anunciação? Levantas o braço e do centro da palma da tua mão virá um raio que me atravessa e fecunda?!"

"Sim, vou plantar a semente no teu coração. O teu filho será um pardal dos telhados, por ordem do Senhor, e quando nascer cuidarás dele com todo o teu amor, como se fosse um menino saído da tua barriga. Nascerá na primavera, e quando o tiveres criado devolvê-lo-ás à liberdade, ao céu dos pássaros, porque, sendo teu, nunca poderás tê-lo, nunca te pertencerá."

Logo senti o meu coração cheio de amor pelo passarinho que me era concedido e aceitei.

Comecei a gerar um pardalinho minúsculo e frágil na aurícula direita do meu coração. Andei assim os meses necessários, com o coração batendo devagar para não assustar o passarinho. Nunca dormia voltada para o lado esquerdo para não apertar o menino. Nos princípios de março, mais ou menos por essa altura, senti um aperto cardíaco. Uma dor muito aguda. Encolhi-me. Não conseguia respirar, que aflição! Abri a boca, abri, abri, agoniada, maldisposta, que confusão de sensações, e o pardalinho veio-me à garganta, envolto em sangue.

Puxei-o para fora com o polegar e o indicador, e ali estava o mais belo filho deste mundo, perfeitinho como qualquer mãe deseja. O biquinho. As patinhas. As asinhas húmidas. Os olhinhos fechados. Sacudindo-se cheio de uma vida que desponta. Que felicidade, o meu filho! Embrulhei o menino num paninho de algodão, limpei-o com muito cuidado e aconcheguei-o numa caixinha de sapatos forrada a trapos, muito quentinha. O menino foi crescendo com o meu amor e atenção. Não lhe atribuí nome, pois sabia que, sendo meu, não me pertencia, mas ao mundo. Chamava-lhe só Passarinho, o meu passarinho, o meu amor que não podia prender.

Em maio, percebendo que ele começava a ensaiar o voo, segurei-o nas mãos, levei-o até à varanda da cozinha, abri-a toda e disse-lhe, "vai, és livre, mas promete-me que voltas ao amor da mãe a cada solstício de verão". E ele voou para o oriente até que deixei de o alcançar com os meus olhos.

Fechei a janela, voltei para dentro, e pensei que Deus deveria estar contente com o meu serviço. Oferecera-me o passarinho e retirara-se, deixando-me entregue às minhas mãos aprendizes.

Na sequência da aparição de Mark Ruffalo engravidei efetivamente nos anos que se seguiram, por duas vezes. Estive quase sempre grávida, real ou mentalmente, excluindo os dias passados na maca, na maternidade do hospital, à espera da raspagem dos abortos espontâneos, cuja concretização ia passando de turno para turno.

Assim que recuperei da doença por ter perdido o David delineei o meu plano. Para o concretizar precisava da ajuda de um homem. E que condições tinha eu para atingir o meu objetivo?

O Nigel deveria andar pela Inglaterra ou pela Nova Zelândia. Perdera-se pelos longos carreiros da viagem. O Google não o assinalava em parte alguma. A esquecer.

O Lunático emigrara para o Canadá em 1986, quando a crise nos estaleiros da Margueira se encontrava em velocidade de cruzeiro e o horizonte profissional excessivamente nublado. Aí se encontrava estabelecido com uma afamada oficina de pintura automóvel. A South Car Spirit, contara-me a sua mãe, no mercado da Cova da Piedade, junto à banca das batatas e das cebolas. As canadenses agradaram-se dos seus modos, casou e teve dois lindos meninos parecidos com a nora. Lá tinha a sua vivenda térrea, à Novo Mundo, onde a mãe o visitava todos os verões. O Lunático, mulher e filhos eram voluntários num centro de resgate, tratamento e adoção de animais abandonados e maltratados em Toronto, e continuava a manter a sua extraordinária matilha de benditos cães rafeiros. Bendito Lunático! O melhor de todos nós. Mas a esquecer.

O primo Humberto sofrera uma embolia cerebral numa estadia de negócios em Banguecoque, deixando a viúva inconsolável, entretanto amparada por um pastor evangélico da Igreja Universal do Reino de Deus. Foi uma trabalheira trazer o corpo por via aérea, num caixão de chumbo selado, e a mamã disse que a prima Lívia tinha telefonado comunicando que não nos déssemos ao incómodo de ir ao funeral. A mamã já mal se mexia e compreendeu. Não é que eu tivesse ficado com nostalgia pelo primo Humberto, mas tinha um objetivo e havia que ser prática. Que se perceba que estava disposta a tudo. Sabia que do primo Humberto viria o que quer que lhe pedisse. Tudo e até mais. Tinha voltado a encontrá-lo várias vezes em Lisboa, quando descia a avenida da Liberdade a caminho do Terreiro do Paço. O homem não tinha emenda. Estando vivo seria um alvo fácil. Mas não estava. A esquecer.

Restava o Leonel do café Colina, que tinha emigrado para a Alemanha após a morte do papá, onde trabalhara como bilheteiro numa sala de cinema, e regressara com uns cobres que estourou nos primeiros meses, satisfazendo caprichos a um namorado mais jovem, um puro-sangue que lhe saiu caro. Na Alemanha descobrira-se homossexual, o que para mim não era novidade. Trabalhava agora em Leiria numa companhia de seguros e tinha estabilizado com um companheiro que parecia um excelente homem, enfermeiro no hospital municipal. Os seguros não lhe interessavam. Continuava a gostar de literatura, cinema, fotografia e pintura. Lia todos os grandes jornais de esquerda. Esse era o seu mundo. Não tínhamos perdido o contacto e pareceu-me a hipótese mais exequível. Tentei. Escrevi-lhe um e-mail. "Podemos encontrar-nos? Quero fazer-te uma proposta." Respondeu-me imediatamente. "Sim, vem depressa. Tenho saudades tuas. Quero que conheças o Tiago. Temos tanto para falar."

Fui ter a Leiria num sábado à tarde, em agosto, circulando pela autoestrada A1 no meio de incêndios dos dois lados da estrada, mal vendo o caminho, e com as narinas secas das cinzas suspensas no ar. Encontrei-o sentado nas escadas do tribunal, e abraçámo-nos. Parecia mais velho do que eu. Enrugado, com cicatrizes na testa e no nariz. "Má vida!", disse-lhe rindo. Confirmou. Continuava com o mesmo sorriso e a mesma verdade pura estampada nos olhos. Era o mesmo Leonel do café Colina, o Leonel do *Querelle*. A vida podia atropelá-lo quanto quisesse. Sobreviveria. Jantámos e pela noite dentro atualizei-o relativamente ao David, expliquei-lhe o meu drama e o plano, e lembrei-lhe um antigo acordo de parentalidade, uma jura que nenhum de nós esquecera: ser pais em conjunto, se o futuro não nos contemplasse com um filho num contexto de família tradicional. Tinha sido uma brincadeira apenas ou era a sério? "Porque está na hora", afirmei. Havia que dar um empurrãozinho ao destino, de vez em quando. Tínhamos uma jura suspensa e por honrar. Respondeu que era a sério, mas que agora existia o Tiago, que também ali estava presente. Precisavam de pensar juntos no que propunha. Ser pai era uma grande responsabilidade. Queria, sim, era um sonho que alimentava, mas não podia tomar uma decisão sozinho. Pediu-me um mês para meditar sobre a questão. Dei-lho. Tinha a certeza de que aceitaria. Eu e o Leonel nunca nos falhávamos. Acabou por aceitar, tal como eu esperava, e passámos à fase da logística. Sendo o Tiago enfermeiro podia dar uma bela ajuda, e deu. Passei a controlar os ciclos menstruais, a calcular as fases de ovulação e encontrávamo-nos todos os meses durante os dias mais propícios do período fértil. Tínhamos um acordo que respeitava totalmente os meus desejos. Seríamos pai e mãe do mesmo filho. Ele manteria a proximidade e contribuiria para as despesas, mas era a mim que cabia criar a criança. Admirava Leonel pela coragem em aceder ao meu pedido e por confiar em mim. Agradava-me que a minha proposta o honrasse, que se orgulhasse com a possibilidade de ter um filho meu, que afirmasse tão honestamente que os meus genes garantiam o mais belo dos filhos. Afinal, eu era bonita. Era-o para o Leonel. Afinal, havia homens que concebiam filhos comigo, e filhos lindos. O Tiago ficou animado com a ideia, afirmando que eu não poderia ter escolhido melhor. Os deuses estavam do meu lado. E esperava um dia, mais cedo ou mais tarde, chegar junto do David com o meu menino, meter-lho à cara e dizer. "Toma lá. É o filho que me mandaste ter. Aqui tens. É a vida. Fodi com outros, os que quis, muitos, à grande e à francesa. E gostei. Todos melhores do que tu!" O meu trato com Leonel era de natureza fraternal e procriativa somente. Por isso, o que desejava apresentar ao David não passava de um cenário montado em que fosse eu a última a rir. Eu, sempre eu. Que importava a mentira?! Atirar um filho perfeitinho à cara do David era de mulher!

Quando consultei o ginecologista após a primeira falta menstrual, o que aconteceu rapidamente, depois das primeiras tentativas, anunciou-me que estava grávida de gémeos na mesma placenta, gravidez com demasiado risco para uma mulher com o meu perfil, referindo-se à idade e à gordura. Nem eu nem o Leonel entendíamos a situação gemelar. Nenhum de nós tinha gémeos na família. Os deuses brincavam? Nas semanas seguintes correu tudo mal, perante a nossa incredulidade e desgosto. O coração de um dos fetos parou de bater. No final do mês confirmou-se que tinha morrido. Não me querendo enganar, o médico afirmou que esta morte afetaria a gestação do sobrevivente, caso resistisse. Uma semana depois garantiu que o segundo feto se tinha tornado inviável, portanto deveria esperar um aborto espontâneo nas semanas a vir, e que, acontecendo, devia correr para o hospital. Não acreditei. Continuei agarrada à minha barriga, crendo que era tudo um engano, que haveria uma hipótese ainda, mesmo remota. O médico não esclareceu que eu ia acordar numa cama encharcada de sangue, que me iria levantar e correr até à casa de banho com o fluido vital a escorrer pelas pernas, deixando um rasto de lama vermelho-escura, que me sentaria na sanita mijando postas de sangue que a encheriam como de pedras, e que o sangue não pararia de correr até chegar ao hospital, nem depois, até ser raspada, nem que teria contrações como se parisse, e que suplicaria analgésicos à enfermeira, uma santa como o Mark Ruffalo, que me encheu as veias de paracetamol, nem que sentiria vergonha dos maridos que consolavam as que ali estavam pelo mesmo motivo, porque, tendo contrações, erguia-me e encolhia-me na cama, e a bata do hospital subindo, abrindo-se, deixava ver a minha nudez e a minha solidão.

O Leonel estava de férias em Ibiza com o seu belo companheiro moreno e não valia a pena estragar-lhas. E afinal uma raspagem não custa nada. Abrem-se as pernas e cerram-se os maxilares e os punhos. Se tudo correr bem são dez, quinze, vinte minutos. Custa ouvir o metal da faca a roçar a bacia, metal contra metal, como uma faca que se vai afiando. Eram as frases que eu me dizia, desvalorizando o sacrifício.

Nas maternidades, a par das mulheres que chegam em trabalho de parto há as que aparecem lavadas no sangue dos embriões ou fetos mortos. Eu era uma delas.

Pouco falam entre si. Não têm alegrias a partilhar. Nenhuma reconhece a perda, até ao último momento. Há a esperança de que alguém venha revelar que a ecografia foi malfeita, que está complicado mas será possível reverter a situação, porque o desejado coraçãozinho do filho de Deus continua batendo no interior do nosso útero, afinal, e nada nos distingue das parturientes na sala ao lado, é apenas uma questão de meses e lá estaremos também. Até ao fim. Até ao último momento. Eu era uma igual às outras vencidas e nada mais.

Levei meses a recompor-me e passei à segunda tentativa com Leonel. Nesse período apareceu-me não o Mark Ruffalo, mas o Anjo da Negação, personificado por Benicio del Toro, alto, grosso, gordo e sem asas. Ergueu os braços acima da cabeça e deixou-os cair lentamente, abrindo uma janela através da qual eu podia ver o futuro. E vi.

Eu tinha tido uma bela criança. O menino chorava no quarto ao lado e era necessário acudir-lhe. Sentia-me aprisionada. Não conseguia levantar-me da cama, tomada pela angústia. Não dormia há dias, portanto não tinha força nem vontade de viver, mas o bebé chorava sem pena de mim. Levantei-me aos tropeções, dei-lhe colo, mama, biberão. Queria desistir dele mas era proibido. Por ele estava presa à vida, e era prisão perpétua, sem salvação. Nunca poderia deitá-lo fora como se faz a um boneco que já não serve.

Tinha tido este filho, e havia que cuidar dele. Fora a minha escolha, a via mais difícil, mas consciente, embora nunca tivesse suposto, mesmo antecipando as piores dificuldades, uma angústia tão grande: uma vida dependendo do meu cuidado e abraço. A criança que chorava tinha saído de dentro de mim, desejara-a muito, amara-a ainda na barriga, e fantasiara-a numa fase em que o incómodo máximo era uma contração hoje, outra amanhã. Agora não conhecia o pequeno bicho humano cheiinho de necessidades que urgia satisfazer, que gritava sem piedade tornando-me sua serva. Não queria e não o sentia meu. Era o empecilho que atrapalhava a minha doença mal curada. A responsabilidade dilacerava-me. Precisava de o dar, esquecer que tinha existido, e acreditar num futuro diferente. Esperava, então, não voltar a sentir as garras da angústia como as de uma águia encerrada no interior do meu peito, bicando à procura de ar e luz. E, dentro do sonho, reformulava. Podia ser que tudo aquilo não passasse de uma fase de desespero pós-parto, como diziam que se tinha. Talvez me habituasse ao menino com o tempo. Talvez ele me deixasse dormir e trabalhar, curar as feridas do parto, da solidão e da teimosia. Talvez conseguisse amá-lo um dia. Fazendo contas por alto, quanto tempo estaria condenada ao castigo de ser mãe do bicho egoísta que me matava? Quanto tempo até poder sentir-me livre de novo? A angústia trepava, paralisando-me.

Por outro lado, o orgulho de poder mostrá-lo falava mais alto, encorajava-me. Havia que aguentar. Sendo a mais miserável das criaturas, erguer-me-ia do chão como um enterrado vivo para satisfazer a criatura cor-de-rosa, e exibi-la-ia com os olhos enxutos e um rasgado sorriso postiço, assim que fosse capaz.

"Apresento-vos o meu filho. Vejam-no bem! Vem, David! Contempla o filho que deveria ter sido teu e da parideira que enjeitaste, com tetas cheias de leite para mil filhos que não te pertencerão! Não, não me custa nada a criar. Muito sossegadinho. Dorme noites inteiras que é um deleite. Uma candura de bebé. Como é que não sendo teu filho tem a tua cara, esta doçura?! O que seria a nossa vida dentro de dez anos? Olha, aqui está! E um filho é um milagre. As perninhas. Os bracinhos. Como te compreendo, agora! A vida justifica-se e passamos a ter um sentido, uma função, um destino. Já sabemos por que viemos. Já fomos o que viemos ser. E passamos a viver em função do seu bem maior, do seu interesse e segurança, como os nossos pais fizeram connosco. Sim, tinhas razão, eu seria lá capaz de adormecer ou acordar sem o sentir nos meus braços? Como te compreendo! Vale a pena trabalhar dia após dia, suportando a humilhação dos patrões, os atrasos dos transportes e o salário de merda, para que possamos ter com que os alimentar, vestir, levar à escola, ao judo, à escola de línguas. Vale a pena viver à força, sem outra saída, abdicar da vida para oferecer vida. Mas há porventura alguma coisa na vida que suplante o amor de um filho, este milagre?!"

E no berço, gritando, contorcendo-se, estava a minha legitimação. Tinha sido um processo complicado e a angústia é um ferro em brasa enterrado na carne, mas tudo tem o seu preço, Luísa. Conseguira procriar, e o minúsculo ser valia o que custara. Era só preciso aguentar-me. Conseguir abrir os olhos, caminhar até ao quarto onde a criatura berrava, dar-lhe o leite, mudar-lhe a fralda e calá-la. E necessitava de calmantes para aguentar o inferno da maternidade. Aguentar-me. Isso, aguentar-me. Calar a criança enquanto a ave de rapina me picava o peito e eu não alcançava senão uma névoa de noites e dias de dor sucedendo-se sem esperança, enquanto a criança engordava à minha custa e me retribuía em mijo e fezes por limpar.

"Levanta-te, vá. Caminha, morta. Querias, aqui o tens."

Abri os olhos apavorada, ofegante. Estava pregada à cama, aterrada. Queria apagar esta revelação. Tinha de me levantar e ir trabalhar. Ter um filho seria a decisão correta? Estaria ciente de que o pesadelo poderia tornar-se real? Suportaria a dor? Não a suportavam as outras mulheres?

"Benicio del Toro, valha-te Deus! Que maldade! Um sonho destes não se dá a ninguém", concluí.

Melhor seria esquecer e avançar. Esta criança encontrava-se planeada e em andamento. O projeto seguiu portanto o seu curso, e à quarta tentativa com o Leonel engravidei de novo. Procedíamos com precisão científica. Naqueles dias ia eu a Leiria ou vinha ele a Almada. Era tudo pensado.

Comprei o teste de gravidez na farmácia, à primeira falta menstrual. Fi-lo na casa de banho, depois de regressar do trabalho, e sorri cheia de felicidade. Era positivo. Telefonei ao Leonel. Ficou feliz, desenhando planos para o nosso herdeiro. Guardei o segredo durante uns dias, cantando e rindo, fantasiando o futuro, e depois contei também à mamã. Disse-me, "então vamos lá ver se ainda conheço o meu neto antes de morrer". Queria tanto dar-lhe a alegria de um neto, a sua continuação a partir de mim. A sua pegada na vida, para sempre, porque um dia eu também morrerei. A mamã, o meu lugar!

A quimera foi breve. Três meses depois senti o sangue a escorrer-me de novo pelas pernas, na aula das oito da manhã, ao 10º E. Saí da sala, aflita. Os alunos riram-se da minha menstruação.

Fui de imediato para a urgência do hospital com a esperança de que pudessem estancar o processo e reaver o meu filho. Analisaram-me e mandaram-me aguardar. Telefonei ao Leonel e desta vez estava em Frankfurt, em ação de formação, e o namorado encontrava-se de banco no hospital de Leiria. Telefonou para os colegas de Almada e, por grande favor, transportaram-me para a enfermaria após uma dúzia de horas de espera, agarrada à barriga, com dores e suores frios. O útero ardia-me. Tinham-mo queimado com algum químico introduzido na confusão das sondas e exames. Telefonei à mamã, explicando que estava na enfermaria esperando que o colo do útero dilatasse a ponto de expulsar o embrião, de novo inviável, sem intervenção cirúrgica. Teria contrações durante a noite e de manhã o trabalho estaria feito naturalmente: um parto de postas de sangue, eu já sabia. A mamã, racional, lamentou e disse-me, "ainda bem que desta vez não é em casa. Não vieste para isso, menina. Deus é que sabe". E caíram-me silenciosas lágrimas grossas. "Sim, mãe, mas está tudo bem, tudo bem."

Os deuses continuavam gozando.

Pensava, "nunca mais me meto nisto. Não aguento, paciência. Acabou-se, acabou-se". E o outro lado do meu cérebro ripostava, "como podes desistir?! Como podes esquecer o naco de amor que tanto desejas?! És então das que desistem, das que não aguentam?! És uma fraca?! Se não o fosses, o teu corpo resistiria. Um corpo que não vale nada, que nem um filho segura na barriga. O que vales tu, Luísa, raio de mulher?!". Mas talvez ainda fosse possível tornar-me numa mulher como as outras, ter uma vida, como as outras. Lutava comigo e só.

Na enfermaria, duas avós mostravam-se animadas sobre a sorte de terem sido finalmente chamadas para as histerectomias que lhes arrancariam as inúteis miudezas causadoras de problemas ginecológicos. Escutava o seu diálogo de mulheres de família, entre as dores que sentia. Permanecia calada. O lado bom e o lado mau do meu cérebro lutavam sem tréguas e não queria conversas. Eu não era como elas. Eu nunca fui como as outras. Velhas ou novas. E nunca queria conversa.

Mas as senhoras sentiam curiosidade e não resistiram. Aproveitaram a minha mudança de posição para o seu lado, devido às dores, para me perguntarem o que fazia ali. Laqueação de trompas?! Já tinha canalha que chegasse? Sorri. Que ironia! "Não, aborto espontâneo", esclareci. O segundo em ano e meio. E a avó da extremidade oposta exclamou, "não volte a tentar, minha senhora. Já não tem idade para isso. Desista. Adote. Há para aí tanta criança a precisar de pais".

As palavras da velha doeram. Ouvi e pensei, "não ouvi, já esqueci". Quem lhe pedira opinião? Como podemos evitar as vozes sibilinas que trespassam os nossos ouvidos?! Não haveria alguém capaz de me dizer, "tente as vezes que forem necessárias. Tente, vai conseguir. Tente, tente".

A senhora da cama do meio, mais razoável, assumiu a função. "Já está nos quarenta, é verdade, mas há muitas mulheres que têm os primeiros filhos na sua idade. Não desanime. Ainda pode." Agradeci à velhinha boa. A outra, cética, insistia, "têm aos quarenta, mas não o primeiro. Quantas mulheres têm o primeiro filho aos... que idade é que a senhora tem? Aos quarenta e dois?! Pouquíssimas. E depois há o problema das doenças. Nunca se sabe. Oh, minha senhora, faça o que lhe digo, desista".

Como é que se poderia calar a bruxa cuja voz perfurava o lado do meu cérebro que lhe dava razão?

As dores das contrações interromperam o diálogo e veio a enfermeira com o analgésico.

No dia seguinte às oito da manhã colocaram-me numa maca, no corredor da urgência; o feto não se soltara durante a noite e havia necessidade de intervenção médica; era preciso proceder à raspagem, o costume, *rasp, rasp*, já conhecia.

Esperei no corredor que olhassem para mim, e trinta horas após a minha entrada no hospital, a maior parte delas passadas deitada na maca alta, míope sem óculos, escutando apenas vozes de técnicos e parturientes chegando, gritando e parindo, entrou de turno uma médica pequenina, uma menina cuja cara não vi nitidamente mas que poderia ser minha filha, sentia-o. Fez-me perguntas e disse que ia tratar de mim, despachar-me. Levou-me para o bloco, injetou-me "um leve calmante que me iria provocar sonolência", mandou-me abrir as pernas e disse, "vai sentir um bocado, mas juro que é rápido".

"Não me dão anestesia?", perguntei. "Da outra vez deram-me um bocadinho."

"Não, nestes casos já não damos. Não há autorização da direção. Vamos a isto."

E foi. Senti o raspar da faca ligeiramente amortecido. Cerrei os dentes. Enrolei e apertei o lençol entre os dedos. Repetia as palavras que me haviam sido ditas, como oração, "é rápido, é rápido, é rápido".

Quando terminaram, ouvi o bisturi cair na tina de metal e a médica menina disse-me, "já está. Vista-se, enquanto chamo o seu marido".

"Não tenho marido", respondi.

"Então chamamos quem?"

"Chamem-me um táxi, por favor."

A velhinha má venceu. Desisti do meu naco de amor. Avisei o Leonel de que não voltaríamos a tentar. Acredito em avisos. Não corria o risco de cometer o mesmo erro três vezes. Ficou desapontado. No dia do funeral da mamã consolou-me dizendo que podíamos tentar de novo. Fez-me rir. Foi bom. Não voltámos a separar-nos desde então. É quem me vale. Ele e o Tiago.

Quando o corpo recuperou do segundo aborto viajei de carro até São Jacinto, num fim de semana chuvoso. Procurei o empreendimento de *bungalows* onde eu e o David passávamos as férias da Páscoa, fazendo amor como duas crianças aprendendo a respirar. Esse era um lugar especial na minha memória do nosso amor. Já não existia. Atravessei as ruínas dos edifícios do antigo Chez Edouard, onde se situavam os *bungalows*, perto da estrada e da ria, e cheguei às dunas da praia.

No local preciso, onde muitos anos antes nos tínhamos recolhido e amado, e a terra se dissolvera sob o meu corpo, e para onde depois conduzira Nigel, na vingança, senti uma incontrolada vontade de mijar. Agachei-me, afastei as cuecas com dois dedos, segurando-as, e mijei contra a vegetação dunar e a areia debaixo delas. Mijei durante muito tempo, porque trazia a bexiga cheia, e respiguei os tornozelos, que não limpei. Tenho a certeza de que quero viver suja dos piores dias e dos melhores. Com manchas de urina seca nos tornozelos.

Hall

Saindo do elevador, o apartamento é o da esquerda. Todas as portas da casa dão para o hall. *É uma saleta retangular, sem luz natural. Toda a circulação entre assoalhadas implica o seu atravessamento.*

A mamã colocou à entrada dois cadeirões em jambirre, com o estofo forrado de capulana tradicional de Moçambique, em verde, laranja e castanho. Forrámo-lo nós, numa tarde de euforia exótica. Entre os dois cadeirões pôs uma mesa de apoio baixa, onde instalou o telefone. No tampo, para além do telefone, pousam-se chaves e correspondência. Há um cabide de pé alto, para as malas, casacos e echarpes, e um espelho cuja moldura se encontra totalmente esculpida em estilo indo-africano. Tudo na mesma madeira.

O *hall* usa-se como saleta para visitas rápidas de vizinhas que vêm pedir dois ovos ou entregar um recado, contar uma história. "Sente-se um instantinho, dona Guiomar", pede a mamã, delicada e amável. Não é mulher de raivas súbitas nem de palavras impensadas, ditas tal como nascem. Talvez seja da mesma espécie animal que eu, o papá e os cães, mas anda mascarada. Não se reconhece a ausência de razão.

O *hall* segura toda a casa e testemunha o seu quotidiano como um omnipresente pau de cabeleira. Quem entra e sai. Quem fica. Que passos circulam entre as assoalhadas, e como se desenham os trajetos pelo espaço.

Muitos anos antes de Almada, acabada de chegar do exílio em casa da avó Maria Josefa, frequento os bailes da Sociedade Recreativa e Musical Alcobacense, com a prima Fá, nos anos 70.

São ao sábado à noite. Os sócios encostam as cadeiras à parede e vêm os conjuntos montar as aparelhagens e dispor os instrumentos. Os preferidos são os Fenómeno, por tocarem muitos *slows*. Os pares gostam. No Carnaval costumam chamar os Ritmo Total. Depende. Depois chegam as meninas solteiras com as mães, as irmãs, as tias, as primas e as amigas, aos magotes; a seguir aparecem os rapazes, sozinhos, a pé, de mãos nos bolsos das calças à boca de sino ou cada um na sua mota ou, ainda, de Mini Morris ou Fiat 127. Os mais ricos. Os mais cobiçados.

As meninas ocupam as cadeiras tagarelando entre si, devidamente embonecadas e perfumadas com colónia Bien-Être ou Heno de Pravia, dependendo do gosto e da bolsa; os rapazes, barbudos, de banho tomado, com uma gota de *eau de toilette* Pino Silvestre ou Agua Brava Antonio Puig, encostam-se ao bar, de onde se controla todo o salão, bebendo minis e combinando entre si, em alguns casos, quem dança com quem.

As mães e as tias não se levantam das cadeiras, a menos que as raparigas se deixem perder de vista a meio das músicas ou nos intervalos. Os rapazes não se sentam: acomodam-se onde podem ou mantêm-se de pé, sem se mover, como o predador com o olhar fixo na presa. Mete medo.

Os corajosos caminham até junto da pretendida, sujeitando-se aos olhares da sala, inclinando-se ligeiramente e perguntando se deseja dançar, mas não é necessário verbalizar. A iniciativa de aproximação e o cruzamento de olhares implica convite. Os tímidos dirigem gestos na direção da visada, de longe, com o indicador apontando para baixo, desenhando uma ou duas voltas rápidas, ou para cima, traçando uma linha diagonal muito breve. Um discreto aceno com o indicador. As raparigas mantêm os olhos atentos, esperando sinais. A sua atenção varre a sala, mas fingem ignorar a assistência. Nenhuma quer ficar sentada. É mau sinal: defeito ou má fama.

As raparigas assentem com a cabeça de leve, num sim único. Levantam-se, aprumam-se, disponibilizam a mão, o braço e a cintura, e esperam que o rapaz as envolva. Negam o convite com discretos abanos de cabeça ou desviando o olhar. Todos os gestos são praticamente impercetíveis, exceto para os visados.

Se há interesse por um rapaz, esconde-se. Se uma rapariga sorri muito, está a dar confiança; logo, o rapaz sente coragem para avançar com mais convites, mais conversa. Se uma rapariga dança mais de duas músicas com o mesmo rapaz, há interesse mútuo. Caso contrário, os pares vão alternando, apalpando terreno. Dão-se encostos, apertos, sentem-se pénis rijos sob as calças e mamilos duros debaixo de blusas; há mãos afagando cinturas, disfarçando-se dentro da roupa suada, beijos roubados e oferecidos na confusão de pares e voltas. Há mães e tias cumprindo o seu papel, tomando conta, avisando isto e alertando aquilo.

Os códigos de baile e cortejamento são rígidos e complexos. Eu vou com a prima Fá, que me mostra. Sou novidade e os rapazes andam à minha roda.

Arranjo dois namorados de seguida, fruto dos bailes frequentados com a prima, mas fico malvista: o primeiro é o Fanha. Os Fanha são um ror de irmãos e vivem numa casa muito pobre, com chão de terra. A prima Fá troça. Mas eu não tenho critérios, não vejo que aquilo não serve?! O Fanha é engraçado, mas baixote, e chamam-lhe "o anão". Já saiu da escola e trabalha na fábrica de vidro. Gostava de me casar com o Fanha.

O segundo é o Bisonho, alto e espadaúdo, acelerando com uma Casal, e das boas. Trabalha numa oficina no centro da vila.

Já vai nos 20, e é filho único, mas não tem sorte com as raparigas. O problema são os olhos tortos. Mas acho-lhe graça. "Graça? Mas não tens critérios?! Queres ter filhos com os olhos à banda?!" Pouco esquisita, como dizem, realizo malabarismos horários para conseguir encontrá-lo na subida da escola até casa e ser namorada. Sou muito avisada para não me desgraçar. Gostava de casar com o Bisonho, mas o papá, entretanto, manda-me para o colégio da Lourinhã.

Não dei pelos três anos passados no colégio. Devo ter crescido e engordado à custa de frango assado com puré de batata. Havia as meninas frágeis, as meninas meigas com enormes olhos castanhos, as brutas, as arrapazadas, as que saltavam o muro e fugiam, as que tentavam suicidar-se com comprimidos e ficavam a verter espuma pela boca, espalhadas no chão das camaratas, os rapazes abutres desdenhosos, as mamas da Tony, o senhor diretor, as notas excelentes. Havia tudo. A adolescência é um fundo poço de crueldade, átrio do resto da vida, do qual não se sai sem um lastimoso rasto de nódoas negras.

Terminado o ensino secundário acontecia a esperada noite de gala do baile de finalistas, aberta a todos os alunos. Comprei uma saia preta de crepe, com dois machos, à frente e atrás, e uma blusa folgada, com decote em V, e pregas caindo dos ombros, em seda ouro-escuro, abotoada à frente. Disfarçava o volume do peito. Calcei meias de vidro transparentes com sandálias de salto alto em camurça preta, à moda dos anos 70, tudo adquirido na melhor butique da Lourinhã. Penteei os longos cabelos finos, prendendo farripas na nuca com ganchos de brilhantes. Maquilhei-me moderadamente e senti-me elegante dentro dos meus limites. Preparava-se um grande baile. Não havia pares formalmente combinados. Cada aluno escolheria uma colega ou rapariga de quem gostasse, mas havia mais rapazes do que raparigas e esperava-se concorrência. O colégio masculino estava atestado de mancebos de toda a sorte, classe, raça e beleza. Naturalmente, nessa noite haveria condescendência, por parte das prefeitas, com as internas prestes a abandonar a instituição.

O grupo das internas e externas alegrou o ginásio enfeitado para o efeito, sentando-se pelas mesas redondas espalhadas no recinto. Estávamos tão bonitas! Com roupa a sério. Sem a bata axadrezada. A organização tinha montado um potente sistema de som e chamado o melhor disco-jóquei da cidade. Armaram uma banca de sandes, bolos e refrigerantes, porque a dança causa fomes e sedes, e durante o memorável baile tocaram todas as minhas músicas favoritas: Bee Gees, Nazareth, Rod Stewart, Pink Floyd, Cyndi Lauper... A Tony dançou a noite inteira com o futuro pai da filha. De vez em quando aparecia na mesa para retocar o batom ou guardar um papel com um número de telefone rabiscado. As raparigas divertiram-se clamorosamente durante quatro longas horas de *rock*, *disco sound* e *reggae*, com prolongamento. Eu e a Teresinha ficámos sentadas na primeira hora, depois na segunda, e a esperança esfumou-se. Não fomos solicitadas para dançar. Nem por colegas da nossa turma nem de outra nem de outro ano, internos ou externos. Não servíamos a ninguém. Nenhum rapaz. A Teresinha tinha nariz de papagaio e o rosto achatado. E era fortezinha. Não precisámos de trocar uma palavra para manter o mesmo diálogo. Podíamos ter dançado juntas, mas poupámo-nos tacitamente a mais humilhação. Também não dançámos sozinhas as músicas que o permitiam, embora fôssemos das poucas que conheciam todos os verbos em inglês de cada verso das canções tocadas. Melhor não nos mostrarmos. Melhor continuar refugiadas na obscuridade da mesa, junto à prefeita. Talvez nesse baile a engenharia do meu inconsciente tenha tomado uma decisão que influenciou todo o meu futuro. A minha vida seria tudo ou nada. Com orgulho.

Quando saí do colégio e fui viver com a tia Maria da Luz tinha-me desabituado de sair de casa e não sentia necessidade de o fazer. Estava habituada a viver isolada. Fui lentamente reaprendendo a andar na rua e a viver sem uniforme.

A mamã morreu há seis meses. Consegui comprar-lhe a lápide que identifica a sua campa no cemitério e que mais ninguém visita a não ser eu e a empregada que me ajudou a cuidar dela e da casa, no fim. Mais ninguém no mundo. Começo a conformar-me. É assim. É preciso continuar. É sábado mas acordo cedo. O ritmo da semana de trabalho impõe o seu horário. Deixo-me ficar deitada, pensando que já vivi um bocado e que o David continua atravessado na minha vida como um molde que enforma horas de paz e de guerra, de carência e bonança, que as motiva e justifica, contra o qual me revolto e pelo qual rezo, ainda. Ainda vivo contra ele, em seu favor ou em seu nome. E chega. Chega! Desisto. Tenho de ser capaz de o tornar apenas numa memória indolor, como o João Mário ou o Nigel ou o indiano da banca de especiarias no bazar de Lourenço Marques. O David passou pela minha vida, impressionou-a a ferro quente, mas não pode dominá-la mais. Que fique na minha alma a sua cicatriz esquecida. O valor da minha vida tem de se tornar superior à impressão que o David nela causou. Tenho de aproveitar o tempo que me resta. A minha vida tem de continuar. E rezo, um pouco envergonhada com este novo hábito: "Agradeço-te, Senhor, pela manhã de sábado! Obrigada, mamã, por estares aí sempre com os olhos postos em mim. Tenho sido teimosa e volátil. Tenho errado. Rondado. Injuriado. Tenho cometido os erros de quem não desiste. Que obsessão!".

Levanto-me da cama num salto, preparo-me, pego na sacola pendurada no cabide do *hall* e saio pronta para tomar o café na esplanada do Colina, a essa hora vazia, batida pelo vento e com sombra. Sou uma velha cliente. Todos me conhecem. A empregada recolhe chávenas e pires de anteriores bicas e pacotes de açúcar vazios e intactos. Limpa as mesas com um trapo húmido. O vento varre-lhe os cabelos para a cara, e ela sacode-os. Tem as mãos ocupadas. Pergunta-me, "quer mais alguma coisa, meu amor?".

Sorrio. Ela disse meu amor. Sim, os deuses divertem-se lá em cima. "Não, estou bem assim."

"Mais um dia", diz.

"Mais um dia", respondo.

De dentro do café chegam-me os ruídos da televisão. O vento folheia as páginas do jornal que ainda não li. Os carros passam na estrada, mas não ouço. Um silêncio sem peso estende raios solitários pela esplanada. Escuto-o e gosto.

Hoje vou resolver isto com o David. Vai ser hoje. Acabou. Tomei a decisão antes de me levantar. A ideia já aflorara a minha mente há algum tempo, hesitante. "Nunca mais penso nele. Nunca mais lhe escreverei cartas que não posso enviar e se acumulam na caixa de cartão que ele nunca aceitará nem irá levantar caso lha envie pelo correio. Nunca mais redigirei uma crónica pensando que a vai ler no meu blogue ou no Facebook e odiar-me, e que esse ódio é a minha vitória. A-ca-bou!"

Sei tão bem onde mora que tenho estado invisível dentro de sua casa todos os dias, como um bom fantasma. Nos piores dias costumo estacionar frente à sua habitação para a contemplar à distância. Vejo as filhas no jardim. A mulher rega sempre as flores ao final da tarde, quando o sol já se escondeu e a casa projeta a sua sombra sobre os canteiros. Vejo-o chegar com a mala da escola, sorrindo, e entrarem todos em casa. E depois respiro fundo e parto, conduzindo absorta, em piloto automático, tão cheia de amor quanto vazia dele, ao mesmo tempo, como se fosse possível continuar a viver o nosso amor através do que ele vive com os seus. Partilho o seu agregado familiar no silêncio invisível, como um espírito da casa, que não sai, que se recusa a partir.

Hoje vou ao seu encontro. É isso. Conheço o seu percurso pelas ruas do seu bairro. Nem casado saiu da terra onde nasceu. Da Arrentela para a Arrentela. Talvez passe as férias no Algarve. Deve ter ido a Paris ou a Londres uma vez, numa escapadela rápida. O David é de granito. A sua resiliência e a sua resignação enraivecem-me e comovem-me! Tenho de ter coragem. Estou habituada a tê-la. "Vá lá, Maria Luísa, enfrenta o que vieste cá fazer", digo-me. Ao sábado o David sai antes das dez para comprar o pão e tomar café. Sei tudo. É fácil apanhá-lo.

Estaciono no lugar do costume. Nem perto nem longe, mas à distância suficiente para ver sem ser vista. Ainda dentro do carro, observo-o a sair da casa que comprou e mandou restaurar, junto à igreja, pintada de branco com a barra azul das casas alentejanas. Desceu na direção dos cafés perto da estrada. Resta-me esperar. Sento-me no banco de pedra rente ao muro da igreja e aguardo que regresse, junto ao caramanchão de glicínias brancas e buganvílias vermelhas que cobrem o miradouro, soltando ainda o perfume que a fresquidão da noite espalhou pelo ar. As plantas treparam pela parede e coseram-se a ela. Respiro o odor adocicado e deixo-me ficar contemplando o braço de rio que se estende até à Arrentela, respirando o ar ainda ameno da manhã de agosto, anormalmente serena. Só cor, luz e calma. Sinto-me bem. "Não quero parar de viver. Nunca! Quero para sempre a experiência deste momento e de outros que virão e agora desconheço." A declaração mental traz-me à mente o verso de Cesário Verde inscrito na entrada do metro da Cidade Universitária. "Se eu não morresse, nunca! E eternamente buscasse e conseguisse a perfeição das cousas!"

"Seria interessante. Muito interessante, mesmo", pondero. "Uma vida eterna talvez fosse suficiente para resolver o fogo, as brasas e as cinzas da efemeridade terrena. Ou talvez não. Talvez nos fôssemos envolvendo em novos fogos ao longo da eternidade. Quão eterna pode ser a eternidade? E duas eternidades?!" Ri-me com os meus botões. "Duas eternidades!" Deixei escapar uma curta gargalhada. Continuava especulando sozinha, evadindo-me comigo, com as minhas conversas. "O meu cérebro não para. Máquina maldita! Para, Maria Luísa, para! Vive isto, agora. Vive só isto. Mais nada." E obrigo-me a respirar. A focar-me nos sentidos e só neles. As flores e o seu odor. A luz ainda mansa que não me fere os olhos.

Do outro lado do rio avista-se a Amora, onde tantas vezes, no passado, nos beijámos, fugindo da chuva, do frio, do olhar alheio. Tudo tão arranjadinho, tão bonito agora.

Deixo-me estar. Deixo o David beber o café em paz, recompor-se do despertar. Tenho muito tempo. Estou à espera dele há um quarto de século. Que idade tem ele agora? Faço de cabeça as contas à data em que nasceu e concluo, "está a ficar velho!".

Meia hora depois vejo-o subir pelo passeio do meu lado. Vejo-o ao longe. É ele, sim. Sei que é ele, mesmo não distinguindo os traços do rosto. O crânio. O passo. O saco com o pão. Não me enganei. O homem é um relógio de hábitos.

Vem com os olhos postos no chão, meditando. E estaca à minha frente, a um metro de mim, boquiaberto. Não acredita que eu esteja ali. Que tenha tido a ousadia, a pouca-vergonha, o desrespeito. Há perplexidade, confusão, indignação e desagrado no seu rosto. E medo. Não digo nada. Fala ele.

"Não estás farta?", atira-me, zangado. "Não estás farta, ainda? Não aprendeste nada?! Depois de tudo o que escreveste sobre mim nas redes sociais?! Não sentes vergonha?!" Não lhe respondo. Não posso dizer que tenha aprendido. Preferia que me perguntasse, "não desististe?!". Nesse caso responderia, "desisti, pronto, desisti". Mas não é essa a pergunta que me faz. Vergonha não a conheço, não senhor, lamento. A vergonha assombra-o só a ele. Faz parte do seu modo de vida. Mas é melhor não ir por esse caminho. Não venho trocar acusações nem responder-lhes. Interessa que trago a paz. É o meu objetivo e tudo o que ele tem de saber. O resto não passa de ruído das emoções despertadas.

Calo-me e esboço um abraço que repele instintivamente. Sente-me uma ameaça. Sacode-me. "És maluca?! Tu és maluca! Há gente aqui, gente a ver-nos. Desaparece, Luísa. Estás aqui a fazer o quê?"

Respondo sem zanga nem brusquidão. "Isto é o fim, David, é mesmo o fim, acredita. Tal como o concebo, acaba aqui." E minto para o sossegar, "agora tenho um namorado a sério. Sei que te feri. Fiz tudo de propósito, perdida de mágoa. Quero que me perdoes, se conseguires. Talvez consigas com o tempo. Preciso de voltar a viver sem a tua sombra. Já comecei".

Olhou-me sem resposta. Tentei abraçá-lo de novo e deixou-se enlaçar, pousando o saco no chão, muito direito, não me tocando. E isto por não mais que dez segundos. Abracei-o, escutando os nossos corações baterem depressa, por motivos diferentes. O tempo não andou para trás nem para a frente. Foi aquele momento. Estava decidido. Nesse sábado ia-me embora. Deixava-o. Pronto, acabava. Dava-o, a partir daí, ao que tivesse que vir, só Deus o sabe, e devolvia-o, sem amargura, ao que já tinha sido.

"Vai, então", digo-lhe. "Tens de ir", repito. "Não esperes." Não há raiva nem dor nas minhas palavras. Tudo isso foi esmagado pela consciência do tempo que me resta para viver.

Largamo-nos. Apanha o saco das compras, compõe a *t-shirt* e continua em direção a casa. Eu sabia que se não o abraçasse passaria por mim sem um gesto. Fico a vê-lo seguir, como no dia em que nos despedimos no carro. Não se volta. O David nunca se volta. Olho-o de costas. Vejo-o entrar em casa. Quero só ver o que resta, até ao fim. É o meu vício. Tudo. Ou nada.

"Vais, porque quero que vás", sussurro enquanto se afasta. "Vais porque desisto, porque não teve de ser, não pôde, não fomos tidos nem achados no amor que nos juntou e largou, brincando com as nossas vidas. Vais porque cresci."

Caminho até ao carro, que deixei mal estacionado, abro a porta, entro, sento-me, respiro fundo e arranco.

A vida continua igual. Todos os dias acordo, lavo-me, visto-me, penteio-me, levo a cadela à rua, saio, vou trabalhar. Falo, ajo, cumpro as regras. Faço de conta que não penso, que obedeço, apenas. Os funcionários são pagos para executar funções; portanto, executo-as. Sou um número, como os outros colegas e cidadãos. Não estamos tatuados no antebraço, mas sentimo-lo gravado na alma confinada ao encarceramento no campo diário de trabalhos forçados e quase sempre sem sentido nem esperança. Sou o 320879, e a colega que está ao meu lado, ao balcão do bar da sala de professores, é o 989135, e somos as duas iguais ao 210865. Vivemos o mesmo tipo de rotina, no mesmo tipo de casa com o mesmo tipo de problemas e alegrias. Ninguém conhece a minha vida, mas espera-se que seja tão normal como a dos funcionários que apresentam qualquer outra combinação de algarismos, que me sinta satisfeita no cumprimento da normalidade lobotomizada, que me levante, lave, vista, penteie, saia e trabalhe. Há regras a cumprir.

A mamã morreu numa quarta-feira; logo, a funcionária tem direito a cinco dias para chorar. Na segunda regressa às suas funções. A mamã está enterrada. A mamã acabou. Cinco dias chegam para se chorar a perda de uma vida inteira. Acabou a folga. Não há aqui lugar para abusadores, preguiçosos sentimentais nem mentes sensíveis e frágeis que questionam o inquestionável, que se fragmentam e desabam. Os sentimentos estão regulados por decreto-lei, despacho normativo e portaria. Cumprem-se prazos. Não cumpriu o prazo?! Penalização. Não há desculpas. Os funcionários funcionam no estrito limite do que lhes é solicitado. Não têm passado, mas processo em arquivo. Têm registo biográfico. Não têm futuro, têm calendário de atividades. Têm horário. Portanto, a funcionária deve levantar-se, lavar-se, vestir-se, como se fosse o 210865. Automaticamente. E não sendo, que lhe siga o exemplo sem cuidar do preço a pagar em dor e insónia; portanto saia e vá funcionar. A dor não tem lugar na engrenagem operada pelos robôs laborais. Nem a insónia.

Para me entreter e ilustrar ando a ler *Doutor Jivago*, de Boris Pasternak, publicado numa antiga coleção de livros do jornal *Público*. Um calhamaço! Se disser que nunca roubei nada, por favor desmintam-me. Roubei um sino de bronze, na casa de família do senhor diretor, motivada pela Tony, que roubou três mundos. Meti-o no bolso da bata. Ainda me pesa o crime, mas o sino fica bem sobre o móvel do novo *hall*. É uma linda bailarina de braços no ar. É meu. Sou eu. Desde que mudei o *hall*, tirando os cadeirões de capulana da mamã, que doei para a sala de visitas da Sociedade Filarmónica União Piedense, e tudo substituí por uma singular mesa de apoio, tenho-a como decoração. O sino e um cinzeiro, que o papá trouxe como souvenir do hotel onde ficavam os portugueses em Joanesburgo, estavam no fundo de uma das arcas que a mamã preparou com o meu enxoval.

Não ando a ler o *Doutor Jivago* por acaso. Ando a lê-lo porque o David o leu, no ano em que nos reencontrámos, em 2004. Quando o devolveu na biblioteca escolar eu estava de serviço. Perguntei-lhe o que lhe tinha dado para andar de volta do Pasternak. Não era o seu género. Respondeu abreviadamente, explicando que tinha curiosidade relativamente à época da revolução russa de 1917, que havia umas *nuances* políticas que precisava de compreender.

Os comunas. Sempre o mesmo. Dei baixa do livro e meti-o na mala. Havia dois exemplares na biblioteca e roubei um. Sem *chips* escondidos. Coisa simples. Não me arrependo. É a única coisa sua que me resta. Um *Doutor Jivago* roubado à biblioteca escolar. Que passou pelas suas mãos, pelo seu ar.

Não me dedico apenas à leitura, infelizmente. Desde que deixei de ter com que pagar à mulher-a-dias passei eu a fazer as limpezas da casa. Os pelos da cadela. Aspirar. Passar a ferro e arrumar a roupa. Lavar azulejos, janelas e o forno do fogão. Tempo perdido para o que na vida interessa: a arte, a contemplação, o pensamento, os animais e a natureza.

Acabo de varrer a cozinha e apareceu-me no chão, junto à vassoura, uma semente de dente-de-leão. Apanho-a sem a magoar e sopro-a. Que linda! Tem mil patas de aranha branca e um coração de palha. Largo a vassoura junto ao lava-louça e fico a brincar. Cai tão lentamente, com tanta suavidade. Parece um floco de neve seca e elegante. Se movimento o meu braço para a direita, muda de direção. Foge-me para o *hall*. Trago-a de volta à cozinha. Bailamos uns minutos e volto a reparar na vassoura encostada ao balcão; tenho ainda tanto que limpar! A casa que herdei dos papás é tão grande para mim. Penso em guardar a semente de dente-de-leão para brincar mais tarde. Procuro uma caixa onde possa conservá-la intacta. Meto-a numa embalagem de cartão de chá-preto da Zambézia, já vazia. Chá Li-cungo, que compro para o consumo diário. Continuo a lida da casa, mas penso na semente de dente-de-leão fechada na caixa. Não gosto que me fechem em caixas, e a mamã ensinou-me que não devemos fazer aos outros o que não queremos que nos façam a nós. Tenho a certeza de que seríamos todos muito mais felizes se pudéssemos voar ou ser arrastados pelo vento. Volto a abrir a caixa do chá Li-cungo, levo-a até à janela e sopro-a para o infinito como se largasse mais um dos meus filhos passarinhos. Sou capaz de me imaginar a voar sobre os prédios como uma semente de dente-de-leão. É provável que ainda seja capaz de voar, como na infância, como em Grândola. E chamo-me à realidade. "Alô, Luísa, alô, alô, teste, experiência. Acaba de varrer a cozinha se queres passar ao que te interessa!" E resigno-me à vassoura.

O tempo passa. O ano letivo corre. Trabalho a mais, sempre mais do que é devido e se pode suportar. A maior parte das vezes para nada. Testes, fichas, folhas do Excel, metas, planificações, papéis, relatórios, projetos e atas que levam dias a preencher e nunca ninguém lerá. Trabalho kafkiano. Não trabalho. Visitas de estudo. Atividades na escola. Longas reuniões constantes, sobre tudo, cuja conclusão é nada. Essência de vazio.

Nas horas livres, poucas, finalmente os livros, o cinema e o teatro, uma ou outra exposição. Passeios à beira-mar com a cadela, mesmo quando está frio, para celebrar uns momentos e superar outros. Sento-me nas esplanadas do bairro. Escrevo nos meus cadernos e no blogue sobre tudo o que me interessa, indigna ou perturba. Falo muito pouco. Há dias em que não pronuncio senão meia dúzia de frases muito direcionadas.

"Meia de leite escura e um bolo de arroz, por favor!"
"Quanto devo?"
"Para de ladrar: é só o elevador!"
"Vamos à rua."
"Já queres comer?"
"Fofinha, fofinha linda da dona!"

Tirando a arte, as rosas, o mar, o gato vadio que não tem uma pata, os ouriços-cacheiros clandestinos que aparecem à noite no baldio em frente, os pombos que pousam aos nossos pés pedindo restos de pão velho, que interesse tem a vida? Tirando a fantasia que nos arranca à escuridão parada dos dias sucedendo-se indistintamente, o que vale o tempo que nos foi dado ou que viemos procurar?

Chego distraída do café Colina, onde estive a ler e a passear nos meus pensamentos, evitando escutar as animadas conversas dos meus pasolinianos, em mesas laterais. Ao aproximar-me de casa avisto o carteiro a distribuir o correio pelas caixas dos prédios, com a sua farda cinzenta, como é habitual. Olha para o sobrescrito e insere-o num recetáculo. Logo noutro e noutro. Segura o maço na mão esquerda e com a direita faz a distribuição, rápido como um autómato. Mas não me parece o senhor Rogério, funcionário dos CTT que normalmente faz o giro no meu bairro. Olho-o de perfil. Parece o Jude Law. É o Jude Law?! Fico parada observando a cena, incrédula e maravilhada. O Jude Law! Na minha rua! "Meu Deus!", exclamo só em pensamento. Quando termina a distribuição, volta-se para mim, dirige-me o olhar picante e o sorriso zombeteiro com dentes muito certos e brancos de delicioso demónio, que o caracterizam, e diz-me "tem carta do seu amor". Passa por mim, fico a vê-lo desaparecer na esquina da rua, parada. Abro a caixa do correio e retiro uma carta, sim. Leio o remetente. É do David. Seguro-a nas mãos, com o coração a bater aceleradamente. Apresso-me a subir, abrindo-a no elevador e começando a lê-la. Afinal ele guardou a morada que lhe dei na escola, em 2004, junto à máquina do café, às 8 da manhã, dizendo, "não a percas. É a morada da casa da mamã. Esperarei lá por ti enquanto for viva". Ele guardou. Para sempre.

    A caligrafia do David continua alta e magra, mas mais certinha. Não está apenas mais velho, como no dia em que me fui despedir dele e lhe menti. Amadureceu.

Uma carta do meu amor!

Entro e encosto-me à porta, em pé. Escreve que arranjou coragem para se divorciar alguns meses após o encontro na Arrentela, na manhã de agosto em que o intercetei no caminho, após a morte da mamã. A mulher era uma boa amiga, mas era isso mesmo e só: uma segura e fiável amiga à qual se encontrava ligado pelos filhos e pela partilha de uma vida em comum. Escreve que pediu rescisão do ensino e aceitou um convite muito compensador, financeira e curricularmente, para lecionar nos Estados Unidos. É leitor em Massachusetts. Com as filhas crescidas, e desejosas de liberdade, estava na altura de recomeçar a vida a partir do ponto onde tinha ficado quando nos separámos. Está a viver finalmente aquilo que tinha sonhado. O contrato está no início e mais cedo ou mais tarde regressará. Diz que continua a ter-me cravada na carne da sua memória como um espinho demasiado fundo, impossível de retirar. Pede-me que espere por ele, que não mude nada na casa, porque voltará à nossa janela, à nossa cadeira. Quando regressar passearemos de mãos dadas pela serra como se fôssemos miúdos, mas crescidos. Leremos o jornal diário juntos, enquanto tomamos o pequeno-almoço, mas agora no *tablet*, penso eu. Ele não sabe que os meus olhos já não leem letras de jornal em papel. Agora temos os carros, já não precisamos dos passes. E *smartphones*. E o Skype, o WhatsApp e o Instagram. Voltaremos a beijar-nos com ternura e desejo, escreve. Sinto receio e vergonha nesse passo da carta. O que será sentir de novo a boca húmida do homem que amei, agora maduro, e o cheiro que nunca mudou, como se nos tivéssemos separado ontem?! Essa evocação tão intensa do desejo deixa-me aturdida. Resvalo pela porta e acabo sentada no chão. A cadela vem lamber-me as pernas e as mãos, recompondo-me, acordando-me. Afinal fazem-me falta os cadeirões de capulana da mamã.

Dir-me-ão que foi uma pena desperdiçar a minha vida esperando por um homem que passou ausente por toda a minha juventude. As pessoas têm sempre resposta fácil, mas eu não podia saber que não viria a existir outro homem para mim. Não digo na minha vida, digo para mim. Era este ou nada.

Imagino-nos abraçados de novo, quando ele regressar. As minhas fantasias de sempre. Dirão, "ah, que parvoíce de adolescente!". Talvez, mas não podem imaginar como esta carta e este sonho me alentam, me dão um sentido, me tornam naquilo que vim cá ser.

Respondo imediatamente. Escrevo que aguardo a sua volta com ansiedade. Que imagino que não possa ser amanhã, mas que venha quando puder. Que o espero. Que tenho a chave debaixo do tapete. Que se eu não estiver, entre e se sente na sala à minha espera. Pode ligar a televisão e fazer café na máquina Nespresso. Não escrevo que foi prenda do último namorado que tanto me esforcei por amar. Escrevo sim, vem, volta, vem, regressa. Repito estes mesmos verbos em quase todas as frases. Depois pouso a caneta. Percebo que me estou a repetir. Chega de palavras. Nenhuma consegue fazer justiça ao meu desejo de o rever e concluir o que iniciámos há tantos anos! Nada no mundo é capaz de conter o amor incompleto, decepado por uma porta que a vida nos fechou na cara, sem contemplações.

Paro. Tenho que fazer. Estou finalmente em casa, onde posso ser eu outra vez. Antes de me levantar e me atirar à vida, penso ainda, "o Jude Law a trabalhar nos correios?! Esta é muito boa! Tu não existes, Maria Luísa!". E passo para o que interessa: o que vou fazer para almoçar? Uma sopinha? Uma salada? Qualquer coisa barata. Se fizer compras com o cartão Jumbo a partir de 21 de março, a despesa só será cobrada a 5 de maio. Dá-me tempo para pagar o seguro do carro. Sempre as minhas ideias soltas.

"Os mecânicos pensam que me enganam."

"Quando conseguirei ter dinheiro para consertar as janelas da varanda?"

"Falta-me ler, corrigir e classificar as questões 5. e 6.1 a 6.3 nos testes de todas as turmas. Mais um dia de trabalho e talvez consiga acabar."

Dialogo comigo.

"Queres um chá, Maria Luísa."

"Chá de quê?"

"Toma de tília, toma de flor de laranjeira, toma de erva-cidreira."

"Isso não é chá, é medicina popular."

"Então toma o que te der na veneta."

"Quero Earl Grey, mas só se mo trouxeres aqui."

"Deves pensar que sou tua mãe."

Fiquei pensativa o resto do dia, com um entusiasmo triste, como nos dias em que de repente nos acontece o que mais desejamos: um filho, um curso concluído com distinção ou um texto aprovado para publicação, não existindo com quem partilhar a satisfação de um "viste?!". A vitória dos solitários não tem testemunhas e torna a solidão mais só. Ninguém nos olha com orgulho. Ninguém nos dirige uma palavra de apreço. Estamos sempre iguais na solidão, sempre os mesmos, e é por isso que ignoramos os sucessos e nos concentramos no telejornal, como se não houvesse louça para lavar na bancada. E depois lavamo-la. De manhã. Ou à tarde. Depois.

Mas que vitória? A minha vida oscilava entre os momentos de pragmática e dura realidade e os de evasão em estado puro, graças à capacidade de fantasiar com que Deus me dotou para que me aguentasse viva. Uma bênção concedida! Recorresse eu a ela nos bons ou nos maus momentos, sempre que dela necessitasse. E o resto: os cães, os gatos, os ouriços, as flores, o mar, a literatura, a arte e o pensamento… Poderia ter-me concedido também a graça do sono. Isso é que teria sido divino!

A insónia persegue-me ao longo das inúmeras vidas que já vivi nesta. É sempre a mesma festa chegando a hora. Valerá a pena encharcar-me em comprimidos? Quantas horas tenho para dormir? Que horas são? Deito-me no sofá com a televisão ligada?

A casa escuta. Respira fundo, fecha os olhos e deixa-se levar na melodia das vozes gravadas no lugar para sempre, com as quais poderá ainda contar quando chegar o fim do mundo.
 É noite alta. Só eu. Ninguém mais respira dentro. Ninguém pensa ou fala. O coração bombeia o sangue que circula nas minhas veias, pum-pum, pum-pum, pum-pum. Só o escuto eu e a casa, com as suas grandes orelhas de abano. Toco as suas paredes, estendo-me no chão com a cadela e absorvo a frescura do soalho. Toco o meu corpo, as minhas queridas mamas volumosas, que tombam para o lado quando tiro o sutiã. O meu corpo ainda grande, que passei a amar como é. Tal como é. Que bonito é o meu corpo! Que gorda tão doce! E que poder! Como é que não percebi antes, como é que pude escutá-los todos aqueles anos?! Por que lhes dei ouvidos, sabendo que era eu quem estava certa? A troça recairia sobre o trocista, caso eu nunca a tivesse aceitado como aceitei. Que bela mulher eu sempre fui! Um corpo tão perfeito, tão imponente, como pude desamá-lo tanto?!

Que silêncio! Que abandono! A casa entretém-se escutando as conversas e os pensamentos gravados por vozes diversas na atmosfera do quarto, da sala, da cozinha, na primeira camada de tinta, por baixo dela, chegando ao tijolo, impossível de expurgar.
 "Gostas de mim?"
 "Gosto de quando estamos juntos."
 "Mas ainda gostas de mim?"

"Sim. Viver sem ti nunca será vida."
"Hás de sentir tanto a minha falta."
"Não digas isso. Por que me dizes isso?"
"Não te vás embora."
"Tenho de me ir embora."

E há cabelos nos cantos onde a vassoura não chegou. Cabelos muito finos, claros. Pó que é pele e unhas e fluidos repousando sob as portas. Nos interruptores e tomadas restam marcas de dedos. Por debaixo do balcão da cozinha ficaram grãos de arroz, de feijão, uvas, parafusos, cotão. Secaram, enferrujaram, murcharam. A casa respira fundo esse desperdício doce e ácido, denso. Afinal, cheira. Sim, sim, há um odor a limão e café na cozinha. O cheiro da terra dos vasos ainda por lá está. E o suor. O do calor e o do frio. Um suor pesado, carregado de tristeza, alegria, abandono, desilusão, esperança. O cheiro a sabonete da mamã sente-se muito. A casa não está completamente só, penso. A mamã ainda cá mora um pouco. Não é um abandono, mas um intervalo. A casa habituar-se-á a uma nova maneira de falar, a diferentes pensamentos e conversas. Uma casa precisa de saber adaptar-se ou não sobrevive. Deitei fora as roupas da gorda. Atirei-as para um contentor de reciclagem têxtil. O passado acabou. De dia existe luz entrando cheia pelos vidros das grandes janelas e os pombos arrulham lá fora. A casa olha para a rua e examina quem chega e parte.

Mas agora, nesta noite tão escura, tão funda, a casa permanece vazia e só. Tão só. Nada mexe. A escuridão engoliu as horas muito lentas. Ninguém respira, ninguém sonha no claustro da sua barriga.

O passado acabou.

Escolho no YouTube a *Ária na Corda Sol* para violino e piano, de Johann Sebastian Bach, que ouço baixo, em fundo, e estendo-me no sofá. Fito o teto e acabo por fechar os olhos.

Evado-me, escutando a música. Penso no David. Não resistindo, no meu entusiasmo, volto à carta, pego na caneta e acrescento um *post scriptum*.

"Já não falta muito para voltares, pois não?"

E ouço no meu cérebro a voz nítida e total da mamã: "És tão torta, tão teimosa. Como é que vais viver sem mim, menina?".

Cova da Piedade, Almada, agosto de 2011 a agosto de 2016

A gorda © Editorial Caminho, SA, Lisboa – 2016
Todos os direitos desta edição reservados à Todavia.
Respeitou-se aqui a grafia usada na edição original.

capa
Pedro Inoue
revisão
Ana Alvares
Ana Tereza Clemente

4ª reimpressão, 2023

Dados Internacionais de Catalogação na Publicação (CIP)

Figueiredo, Isabela (1963-)
  A gorda / Isabela Figueiredo. — 1. ed. — São Paulo : Todavia, 2018.

  ISBN 978-85-93828-42-3

  1. Literatura portuguesa. 2. Romance. 3. Ficção portuguesa. I. Título.

CDD 869.3

Índice para catálogo sistemático:
1. Literatura portuguesa : Romance 869.3

Bruna Heller — Bibliotecária — CRB 10/2348

Obra apoiada pela Direção-Geral do Livro,
dos Arquivos e das Bibliotecas/Portugal.

todavia
Rua Luís Anhaia, 44
05433.020 São Paulo SP
T. 55 11 3094 0500
www.todavialivros.com.br

fonte
Register*
papel
Pólen natural 80 g/m²
impressão
Geográfica